AF290672

Jochen Fleischmann

Der Traum vom Circus

edition neubeck

Co-Autor: Holger Elias
Titelfoto: Roland Obst
Herstellung: Books on Demand GmbH, Norderstedt
Printed in Germany 2003

ISBN 3-935377-08-8

I.

Ein Blick zurück

Für mich gab es eigentlich von Kindheit an nur zwei Berufswünsche: Theater und Circus. Diese beiden Welten haben mich magisch angezogen.

Ich bin als Kind, wenn der Circus da war, einfach nicht mehr nach Hause gegangen. Ich suchte mir Freunde auf dem Circusplatz, aß gelegentlich bei Artisten zu Abend. Und irgendwann holten mich meine Eltern mit sanfter Gewalt weg ...

So auch beim Theater. Wenn ich das Theater besuchte, was ich sehr häufig tat, dann übte diese Welt auf mich eine unbeschreibliche Faszination aus. Es reizte mich ungemein am Bühneneingang zu stehen und zu warten, bis die Leute da rauskamen. Mich interessierte brennend: Wie sehen die im wirklichen Leben aus? Wie lebt so ein Mensch?

Wenn ich von einer Circusvorstellung kam und nach Hause ging, drehte ich mich nochmals um, sah die Lichter in den Wohnwagen, und ein Gefühl der Wehmut stellte sich ein. Ich dachte mir: Wie schön muss es sein, in einem Circus zu leben, in einem Wohnwagen zu schlafen und für immer dort bleiben zu können. Ich kann mich noch sehr gut an dieses wehmütige Gefühl erinnern.

Circus aus Pappe

Wenn andere mit ihren Legosteinen spielten, Autos oder Eisenbahnen entwarfen, baute ich eben Circusse oder kolossale Theater. Wenn ein Bauwerk einstürzte oder es musste – auf Geheiß der Mutter - weggeräumt werden, dann wurde am nächsten Tag wieder der nächste Circus oder das nächste Theater erbaut. An Ideen mangelte es dabei nie. Ich bastelte sie aus Pappe oder bespannte ein paar Äste mit einem Stück Stoff. Das war dann das Circuszelt. Es war eben schon immer meine Welt. Und sie sollte es auch bleiben.

Die Sorge der Eltern

Meine Eltern waren natürlich über diese Entwicklung recht besorgt. Man muss wissen: Ich stamme aus einer erzbürgerlichen Familie und meine Gedanken gefielen meinen Eltern überhaupt nicht.

Meine Mutter war Verkäuferin, mein Vater war Meister und als solcher Betriebsleiter einer großen bayerischen Molkerei in Nürnberg. Beides erzkonservative Leute, die – wahrscheinlich bis zum heutigen Tag – nie ihr Girokonto überzogen haben. Bei ihnen kam – so glaube ich – niemals ein Maggiwürfel in die Suppe.

Die Eltern sagten mir auch klar und deutlich, dass solche Berufe für mich überhaupt nicht in Frage kommen. »Du lernst einen anständigen Beruf«, hieß es. Das habe ich dann auch getan, eine Lehre gemacht bei Siemens. Und war kreuzunglücklich dabei. Der Magen schmerzte. Wissen sie, was das für ein Gefühl ist, wenn man am Sonntagvormittag schon Magenschmerzen bekam bei dem Gedanken, am Montagmorgen wieder zur Arbeit gehen zu müssen? Furchtbar.

Nürnberg, Fürth - und zurück

Nun war ich nie ein begeisterter Frühaufsteher, musste aber jeden Morgen kurz nach fünf Uhr aus dem Bett, um dann mit dem Zug von Nürnberg nach Fürth zu fahren.

Jeden Morgen ein Drama, diesen verdammten Zug zu erwischen. Oft verpasste ich ihn oder schlief ein und bin weiter gefahren.

Trotzdem haben sie mich bei Siemens dann übernommen. Aber es war ein sehr ungeliebtes Berufsleben und - ich denke - auch ein ziemlich erfolgloses. Ich glaube nicht, dass die Kollegen dort sehr angetan waren von mir. Das kann ich mir nicht vorstellen.

Aber dieses Verhältnis beruhte auf Gegenseitigkeit.

Die anspruchslose »Dimension«

Dann ging ich also zum Circus.

Es gab in Nürnberg einen kleinen Familienbetrieb, der die Stadtteile bespielte. Der Circus ist nicht groß über die Stadt hinausgekommen, vielleicht mal bis nach Fürth. Nach Erlangen reiste er schon nicht mehr. Das war offenbar schon zu weit.

Das ganze Drumherum war - wie das Programm - recht anspruchslos aufgemacht. Ich kann mich daran erinnern, dass die Artisten sogar ohne Zelt aufgetreten sind, unter freiem Himmel. Gasieren nennt man das in der Circussprache.

Ich wuchs mehr oder weniger mit diesem Familienbetrieb auf. Nach meiner Lehre befasste ich mich mit diesem Circus näher und dachte mir dann: Also, nein, dass möchtest du dann aber auch nicht. Das ist nicht die Vorstellung, die du vom Circus hast. Das ist mir zu ärmlich. Betteln gehen, dass war meine Sache nicht.

Das Betteln gehörte dort allerdings zum festen Alltag. Mit einem Lama und einer Büchse stand man dann vor dem Einkaufsmarkt.

Das waren Dinge, die konnte ich mir einfach nicht vorstellen. Dies war der Circus, so wie ich ihn nicht leben mochte.

Der Weg in die Schauspielerei

Ich absolvierte dann eine Ausbildung zum Schauspieler und Regisseur und war an verschiedenen Theatern tätig. Ich musste an Off-Theatern schreckliche Stücke spielen, so das »Abendmahl« von Georg Trakl.

Ich arbeitete auch an großen Bühnen und nach und nach wurde ich zu einem Hauptprotagonisten von Fitzgerald Kusz. Ich spielte in sehr vielen Geschichten, die aus seiner Feder stammten. Das Ganze hat sich dann immer mehr in die Richtung Mundart-Theater entwickelt. Sie erwuchs damit allmählich zu einer Angelegenheit, die mir immer mehr missfiel und mit der ich mich jedes Mal weniger identifizieren konnte und wollte.

Aber es gab noch einen anderen Grund. Der Stadttheater-Betrieb verkörperte nicht unbedingt das, was ich mir unter Schauspielkunst vorgestellt hatte. Verbeamtete Schauspieler. Wenn man das so sah, dann haben viele Kollegen nur darauf hin gearbeitet, dass sie nach zehn Jahren unkündbar wurden.

Nicht zuletzt spürte ich eine gewisse Missachtung gegenüber dem Publikum, denn ich merkte sehr bald, dass man überhaupt nicht für die Besucher, sondern nur für Fachzeitschriften wie »Theater heute« und die vielen anderen Kritiker spielte.

Die Ansichten des Publikums gingen bisweilen meilenweit an denen der Kritiker vorbei. Ein krasser Widerspruch: Kam ein Stück hervorragend beim Publikum an, dann folgte zumeist am nächsten Tag ein Verriss in der Zeitung, der zudem noch schwer unter die Gürtellinie zielte. Fiel das Stück beim Publikum durch, dann überschlugen sich die Kritiker mit Lob. Du bekamst also entweder vom Publikum eines übergebraten oder von der Kritik. Beides war nicht allzu schön.

Mit dem Staatscircus auf Tuchfühlung

Dann kam eines Tages der ehemalige Staatscircus der DDR nach Nürnberg. Damals waren die beiden Betriebsteile Busch und Berolina bereits zusammengelegt worden. Es gab ja drei Betriebsteile: Aeros, Busch und Berolina. Letztere hatte man quasi zur Bewährung in den Westen geschickt. Das war 1990.

Ich spielte damals am Theater in Nürnberg. Dann sollte ich nach Osnabrück, wozu ich überhaupt keine Lust gehabt hatte.

Eines Morgens fuhr ich zu meinen Eltern, die im Nürnberger Stadtteil St. Peter wohnten. Wenn ich da von Schwanstetten herein kam, führte mein Weg immer am Circusplatz vorbei.

Ich erinnere mich noch sehr genau. Es war frühmorgens. Um den Platz sind Deiche, von denen morgens Nebel aufstiegen. Hinter diesem Nebel erschien, wie eine Fata Morgana, ein riesengroßer Circus. Eigentlich gibt es nur noch den Circus Krone, der vergleichbar gewesen wäre mit diesem Mammutunternehmen, das sich dort zeigte. Ich schüttelte mich erst einmal und fragte mich dann, was das denn solle?

Natürlich fuhr ich dann sofort hin, habe mir den Circus angeschaut und bin durch die Tierschau gelaufen. Da war ein riesengroßer Stall mit einer Menge Tieren, und viele, große und schöne Wagen.

Meine Bekanntschaft mit Pascal Raviol

Stellen sie sich vor: ich war ein Circusfreund, der keinen Circus, der nach Nürnberg kam, verpasste und sich dessen Vorstellungen dann nicht nur einmal, sondern zehn- oder zwanzigmal ansah. Und ausgerechnet ich hatte nicht mitbekommen, dass ein Circus dieser Größenordnung in der Stadt war.

Ich bin am Abend sofort in die Vorstellung gegangen. Außer mir waren noch dreißig Leute da.

Unvorstellbar. Es rollte ein Programm vor mir ab, wie ich es selten zuvor besser gesehen hatte. Das war Circus pur. Atemberaubende Tierdressuren, ein Riesen-Orchester, tolle Artisten, ein wunderschönes Zelt, großartiges Licht. Alles sehr schön. Aber da saßen nur dreißig Leute. Eine furchtbare Atmosphäre – es war wie auf dem Friedhof. Es saßen Circusbedienstete in den Logen, die ein bisschen für Stimmung sorgen sollten. Das machte das Ganze nur noch peinlicher.

Ich suchte den Kontakt und mir lief dann tags darauf der Pressesprecher des Unternehmens über den Weg. Pascal Raviol, heute bei Roncalli, arbeitete seinerzeit selbst erst seit einigen Wochen dort. Gelernt hatte Raviol eigentlich Schriftenmaler.

Ich fragte ihn also, warum kein einziges Plakat in der ganzen Stadt zu sehen sei und wie lange der Circus denn schon in Nürnberg gastierte.

»Wir sind bereits seit einer Woche hier«, antwortete Pascal Raviol.

»Und warum macht ihr keine Reklame?«, wollte ich wissen.

»Na ja«, antwortete er, »das darf man doch nicht. Die haben uns Strafe angedroht, tausend Mark Strafe.«

Was ich damals bereits ahnte, das weiß ich heute einzuschätzen, nämlich wie viel tausend Mark in einem Circusetat sind. Das ist praktisch nichts.

Ich sagte ihm damals: »Bezahlt doch die tausend Mark Strafe und plakatiert trotzdem. Macht es doch wie die Anderen. Es plakatiert doch jeder Circus hier. Nur die fragen nicht erst. Die machen es einfach.«

»Meinst du wirklich«, fragte Raviol zur Sicherheit noch einmal nach.

Anderentags stellte mich Pascal Raviol seinem Direktor vor. Das war der Hans Bernsdorf. Ein toller, ein richtiger Circusmann. Denn das war ja durchaus nicht selbstverständlich beim DDR-Staatscircus: Da konnte es schon mal passieren, dass irgendein erfolgloser LPG-Direktor oder ein Fabrikchef zum Staatscircus als Direktor strafversetzt wurde. Und das waren ja nun wirklich keine Circusleute.

Aber Bernsdorf war einer, der sein Handwerk von der Pike auf gelernt hatte und ein Circusmann mit Leib und Seele. Nur, das muss man sagen, mit der Marktwirtschaft hat er's eben nicht gehabt. Woher auch? Der DDR-Staatscircus war es bislang gewohnt gewesen zwei Plakate zu kleben und eine Pressemitteilung zu veröffentlichen — und das Haus war voll. Die Karten wurden teilweise über die Betriebe vergeben und das war schon was, wenn man Karten für den Staatscircus bekam. Dadurch hatte der Staatscircus eine annährende Auslastung von hundert Prozent. Es gab kaum einen Ort, an dem nicht die Vorstellungen ausverkauft waren!

Das wurde nun schlagartig anders. Hinzu kam, dass die Konkurrenten den plötzlichen Eintritt des mächtigen Staatscircus in die freie Marktwirtschaft alles andere als gern sahen. Ein so großer Circus mit so hohen Niveau. Da versuchte man alles mögliche, um Erfolge des Riesen zu verhindern.

Es gab Aktionen, mit denen die Konkurrenz versuchte, sich das ungeliebte Ostunternehmen vom Halse zu schaffen. Sie schickten dem Staatscircus zum Beispiel den TÜV auf den Platz und begründeten dies damit, dass das Unternehmen mit der Ost-Technik hier im Westen nicht reisen dürfe. Das stimmte durchaus, denn die elektrischen Anlagen entsprachen nicht den gültigen West-Vorschriften.

Dazu kamen hausgemachte Probleme. Der Circus hatte beispielsweise einen Geschäftsführer angestellt, der nichts anderes machen sollte, als Plätze in den großen Städten zu buchen, also für das Tourneemanagement zu sorgen. Die Plätze hat der Mann nie gebucht und der Circus stand lange da ohne gute Plätze und damit ohne Einnahmen. Aber dafür ist der Mann mit den Kautionen, die für die Anmietung der Plätze gedacht waren, getürmt.

Mit Hans-Dieter Schweizer haben wir dann übrigens später auch noch recht negative Erfahrungen gemacht.

Hinzu kam die auffallende Jammer-Mentalität. Das fiel mir damals übrigens nicht nur beim Circus auf, sondern bei vielen Ostdeutschen. Jammern war das vorherrschende Thema. Beim Circus hat sich das nun so ausgewirkt, dass man zur Presse sagte: »Wir haben da so einen tollen Circus und es kommt keiner. Uns will keiner sehen. Jetzt sind wir hier in Nürnberg und das ist doch eigentlich die Gründungsstadt von Jakob Busch, der hier seinen Circusbau gehabt hatte. Gerade hier haben wir uns so viel versprochen – und nun kommt keiner. Wir wissen bald nicht mehr, wovon wir die Gagen bezahlen sollen... «

Das Wenige, was die Presse dann schrieb, und das war wahrlich nicht viel, war die Vermutung, dass der

Circus nun offenbar bald pleite sei. Das war natürlich alles, nur keine positive Werbung. Absolut tödlich.

Die paar Plakate, die aushingen, waren in irgendeiner Weise, ich sage es mal provokant, ossihaft: Blasse Farben. Sie wirkten eher abschreckend. Vermutlich gab es Probleme mit den Farben in den Druckereien, oder die Maschinen funktionierten nicht richtig. Jedenfalls gab es keine Plakate von dem Niveau, welches die Wessis gewohnt waren. Das ging über das Programmheft weiter bis zur Pressemappe. Das Unternehmen ist nicht ernst genommen worden. Jeder Komödiantencircus, jede winzige Familienbude hatte bessere Werbung als dieser internationale Großcircus.

Ich wurde also dem Direktor vorgestellt. Ich fand den Mann sympathisch. Ich sagte zu ihm: »Hätten sie was dagegen, wenn ich das Nürnberger Gastspiel unterstütze?«

Er war einverstanden.

Sprechunterricht

Eine meiner ersten Amtshandlungen war neben der Werbung für das Gastspiel in Nürnberg das Anlernen einer Ansagerin. Eine ganz hübsche, junge Frau, die allerdings über eine furchtbare Stimme verfügte. Auch so eine Jammerstimme. »Nun sehen sie die Elefanten. Die Elefanten werden präsentiert von Peter John.« Es war eine eintönige, piepsige, einfach fürchterliche Stimme.

Unter anderem habe ich dem Mädel Sprechunterricht gegeben. Dann ging das auch ein bisschen besser.

Das alles führte mehr oder weniger dazu, dass ich mich nach und nach dem Circus angeschlossen habe.

Saison der Erfolglosigkeit

Das Nürnberger Gastspiel entwickelte sich dann noch einigermaßen erfolgreich. Ich habe die Presse mobilisiert und mit der Stadtverwaltung gesprochen. Wir durften dann sogar plakatieren. Aber das war's dann schon.

Die Saison ging zu Ende und sie war geprägt von einer ungeheuren Erfolglosigkeit.

Für mich war die Situation ohnehin nicht einfach, denn ich musste noch meine Verträge als Schauspieler erfüllen und war ständig auf Achse. Ich versuchte jede freie Minute zu nutzen, um dem Staatscircus nachzureisen. Vielleicht konnte es mir gelingen, wenigstens ein wenig steuernd einzugreifen.

Direktorensuche per Inserat

Am Ende des Gastspieles sagten die Verantwortlichen der Treuhand schließlich, dass es so nicht weiter gehen könne. Jetzt müsse ein professioneller Direktor her.

Wir empfanden dies wie Schläge, die unter die Gürtellinie zielten. Es war eine Frechheit der Treuhand zu äußern, ausgerechnet dieser Circusmensch Bernsdorf wäre nicht professionell und müsste deshalb weg. Wenn dieser Mann kein professioneller Circusmacher sein sollte, wer dann? Er kannte sich im Gestrüpp dieser Marktwirtschaft nicht aus. Doch den eigentlichen Fehler mussten die Abwickler vom Dienst vor allem bei sich selber suchen. Es war die größte Dummheit von diesen Leuten gewesen, diesen Circus aus dem Osten rauszuschicken zur Bewährung in den Westen. Das musste einfach scheitern.

Dann passierte folgender, in der Circusgeschichte einmaliger Vorgang: Die Treuhandanstalt gab in der Zeitung »Organ – Show-Business« und in der »Circus Zeitung« ein Inserat auf. Der Text lautete: »Sind Sie der geborene CIRCUSDIREKTOR und haben schon lange auf Ihre Chance gewartet?«

Ein Aufschrei ging quer durch die Branche und man fragte sich: Wo leben wir eigentlich? Haben sie noch alle? Und mit einem Schlag bewarben sich alle Komödianten Deutschlands, alle Pleitedirektoren, in der Hoffnung, einen schönen Circus absahnen zu können. Der Rest, also alle ernst zu nehmenden Direktoren sagten sich hingegen: Ich bin froh, wenn ich mit meinem Laden klar komme. Sie haben sich auf dieses Abenteuer überhaupt erst nicht eingelassen.

Aber es musste ja irgendwie weitergehen. Schließlich kamen Mitarbeiter und Artisten auf mich zu und sagten: »Jochen, wer weiß an welchen Komödianten die uns da verscheuern. Dann geht alles den Bach runter. Bewirb dich. Mach das doch. Werde unser Direktor.«

Da habe ich gesagt: »Na gut, aber wenn ich das mache, dann richtig und mit Hand und Fuß.«

Ich habe ein Konzept entwickelt, von dem ich die Auffassung vertrat, dass es tragfähig sei und das Überleben des Großcircus sichern könnte. Ein bedeutender Teil dieses Konzeptes war die Einbindung des Quelle-Großversandhauses.

Die damalige Eigentümerin, Grete Schickedanz, die Senior-Chefin, war bekanntermaßen ein großer Theater-Fan. Sie versammelte immer eine Schar junger Schauspieler um sich. Und einer davon war ich. Wir waren öfters zum Tee verabredet und ich sagte eines Tages zu ihr: »Frau Schickedanz, es kann sein, dass wir uns nicht wieder so schnell sehen.«

»Warum?«, fragte die Unternehmerin.

Ich erzählte ihr die ganze Geschichte.

Schließlich sagte sie: »Das ist aber interessant!«

Sie pfiff einen ihrer Geschäftsführer herbei und sagte zu ihm: »Sagen sie mal: Wir eröffnen doch gerade die ganzen neuen Kaufhäuser im Osten. Das wäre doch ein idealer Werbeträger. Was könnte denn ein besserer Werbeträger sein als ein Circus?«

Gesagt, getan. Sie sagte uns zu, die gesamte Promotion für den Circus zu übernehmen. Quelle schaltete unzählige Werbespots.

Beim Fernsehsender RTL gab es damals eine Show, die hieß »Der Preis ist heiß«. Das war die ultimative Gewinnshow seinerzeit und eine absolute Kultsendung im deutschen Fernsehen. Dieser Quotenrenner wurde von einem, meiner damaligen Auffassung nach, furchtbar schlecht deutsch sprechenden Holländer moderiert: Harry Weinfort. Als ich Weinfort persönlich kennen lernte, stellte ich übrigens fest, dass er überhaupt nicht so schlecht deutsch sprach, wie er das im Fernsehen praktizierte. Das war also ein Teil der Show und ging, wie ich später erfuhr, auf einen anderen Moderator namens Lou van Burg zurück, gleichfalls einem Holländer. Auf dieser Schiene fuhr Weinfort also so ein bisschen.

Weinfort, den Quelle für uns engagierte, war ein netter Kerl. Der kam dann immer an seinen freien Tagen, um bei uns die Ansagen zu machen. Das war, wie man heute zu sagen pflegt, der Hit überhaupt. Stellen sie sich vor: Wir fuhren durch die Straßen und überall hingen vor den Fenstern die Satellitenschüsseln. Weinfort pflegte dann auf die Häuser zu weisen und zu sagen: »Schau mal da und schau mal da. Alles meine Fans.« Wir haben Straßenparaden gemacht und Harry Weinfort hat Autogrammstunden gegeben.

In dieser RTL-Glücksshow gab es ein Glücksrad. Das hat er immer präsentiert mit den Worten: »Meine Damen und Herren, das Rad.« Dann gab's Nebel und das Rad wurde aus der Kulisse herausgefahren. Im Circus gab es eine Nummer, die nannte sich das Todesrad. Heute macht das jeder Circus. Aber damals war es der absolute Renner. Präsentiert wurde diese Nummer von großartigen bulgarischen Artisten, den Stojanows. Diese Nummer war unmittelbar vor der Pause platziert und wurde immer von Weinfort mit den Worten präsentiert: »Meine Damen und Herren, das Rad.«

Das war einzigartig und ich werde die Begeisterung nie vergessen. Unser Publikum sprach diesen Satz teilweise mit.

Das Versandkaufhaus Quelle hat irrsinnige Werbung bezahlt. Halb- und ganzseitige Inserate sind geschaltet worden, eine eigene Circus-Zeitung wurde gedruckt, die in alle Haushalte ging. Da war auch Waschmaschinen-Werbung drin von Quelle, aber im wesentlichen war es eine Circus-Zeitung. Es wurden Werbe-Autos gebaut, Mercedes-Pritschenwagen, hinten mit Pyramiden bestückt. Das war die fahrende Circus-Werbung. Oben waren Lautsprecher montiert. Von den Autos fuhren zehn am Stück den ganzen Tag durch die Gastspielstädte.

Es gab hübsche Mädchen, sehr zur Begeisterung unserer alleinstehenden männlichen Artisten, die auf Rollschuhen durch die Straßen gefahren sind und Handzettel verteilten. Am Premierenabend gab es ein Hochfeuerwerk, mit dem in den Himmel geschrieben wurde: »Quelle präsentiert den Circus Busch- Berolina.«

Es war eine Reklame, die sehr viel Geld gekostet, aber auch den Erfolg gezeigt hat. Beispielsweise war in der Stadt Leipzig das Zelt nicht nur zweimal am Tag mit Besuchern gefüllt, sondern wir mussten Drittvorstellungen einschieben. Und wir hatten ja ein Zelt, welches immerhin dreitausend Personen fasste. Wir gingen dann sogar noch in die Verlängerung.

Aus Lethargie wird Euphorie

Der Erfolg hatte der Treuhand überhaupt nicht gepasst. Die Treuhand, so vermutete ich, hatte mir die Leitung des Circus übertragen, weil sie darauf spekulierte, dass das sowieso nicht funktionieren konnte. Ganz unrecht hatte die Behörde sicher nicht. Man hätte den Apparat abspecken und auf Dauer anders wirtschaften müssen. Keine Frage.

Aber es hatte zunächst funktioniert und für den Erfolg damals war zuallererst das Versandhaus Quelle verantwortlich. Es kam allmählich eine euphorische Stimmung unter den Circusmitarbeitern und Artisten auf. Alle sagten: »Mensch, wir schaffen das.«

Was wir damals nicht wussten und nicht ahnten, war, dass die Treuhandanstalt so schnell wie möglich an die Immobilie, das Winterquartier in Hoppegarten, kommen wollte. Es kursierten Zahlen von 400 Millionen Mark Verkehrswert. Die wussten ganz genau: So lange dort im Winter ein Circus hinfährt, können wir das Quartier nicht verkaufen.

Also, musste der Circus weg. Er war ohnehin zu einem Politikum geworden, weil er zuvor noch eine kräftige Finanzspritze bekommen hatte. Er war total modernisiert. Es wurden 18 nagelneue Zugmaschinen gekauft, ein neues Zelt, ein modernes Stromaggregat, neue Ton- und Lichtanlagen und die Fahrzeuge wurden auf Zweikreisbremsanlagen umgerüstet.

Der Circus muss weg ...

Zur damaligen Zeit kam eine Delegation der Ruhrfestspiele auf die Treuhand zu. Der Regisseur der Royal- Shakespeare- Company, Terry Hands, zeigte sich sehr an diesem Circus interessiert. Dieser war der Meinung, dass an der Abendvorstellung irgendetwas anders gemacht werden müsste. Ich habe ihm damals, und das war aus heutiger Sicht ein großer Fehler, recht gegeben. Später wurde mir klar: Die wollten sich den

Circus billig unter den Nagel reisen und ihn zu einer Buffalo- Bill- Show umfunktionieren.

Während des Magdeburger Gastspiels, im Mai 1991, ist der Circus dann privatisiert worden. Den Zuschlag bekam ein Steuerberater namens Eulenbach. Der hatte zuvor eine Firma gegründet, die Selekta- Entertainment. Er bekam den Circus für eine symbolische Mark, entließ auch gleich die Mitwirkenden des laufenden Programms, worauf sich Quelle aus dem Vertrag verabschiedete, und machte diese Buffalo- Bill-Show daraus. Damit schloss sich der Kreis.

Die Show lief bei den Ruhrfestspielen und machte schon nach sechs Wochen pleite. Das war de facto das Ende des DDR- Staatscircus.

... doch der Circus geht weiter

Für mich war damals klar: Jetzt bin ich beim Circus und jetzt bleibe ich. Ich hatte mir verschiedene Unternehmen angeschaut, um dort zu arbeiten. Gelandet bin ich dann als Betriebsleiter bei einem in Deutschland reisenden Schweizer Circusunternehmen. Nach dieser Zeit entschied ich mich, zusammen mit einem Familiencircus ein eigenes Projekt namens »Die Komödianten kommen« auf die Beine zu stellen.

Ein folgenschwerer Fehler. Nachdem ich mein ganzes Geld in das zunächst erfolgreiche Projekt gesteckt hatte, machte mir die Circusfamilie, welche das gesamte Material gestellt hatte, sehr schnell einen Strich durch die Rechnung. Sie machten mir klar, dass es sich immerhin um ihren Circus handelte, und sie künftig alle Entscheidungen wieder selbst treffen werden.

Von da an ging's steil bergab. Das Projekt scheiterte und wir gingen schnell wieder auseinander.

Das bunte Durcheinander beginnt

Dann sagte ich mir: Jetzt gründe ich meinen eigenen Circus. Einige Artisten kamen mit. Die Familie Kaulis beispielsweise. Klaus Kaulis gilt als einer der besten Circusmoderatoren Deutschlands. Seine Frau Heidi arbeitet als »Ladyfakir Batama« mit Schlangen und Krokodilen.

Wir bekamen in jener Zeit das Angebot nach Bottrop zu gehen, in den Bavaria-Film- und Fernsehpark. Wir bekamen einen Platz zur Verfügung gestellt mit Strom- und Wasseranschluss und man sagte zu uns: »Okay, ihr könnt hier Circus machen. Aber über diesen Platz und über Wasser und Strom hinaus gibt es von uns nichts.«

Das war nicht ganz einfach, denn wir hatten ja nichts. Ich verfügte über ein Camping und einen LKW, in dem meine Bauernhoftierdarbietung untergebracht war. Außerdem hatte ich noch einen Kassenwagen und eine Zugmaschine.

Also liehen wir uns von einem anderen Circus einen alten Elefantenstall aus, den wir aufbauten und in dem wir spielten. Vom Theater hatte ich mir Vorhänge ausgeliehen und wir besorgten uns Baustrahler. Der Park opferte Bierbänke, die wir in den Zuschauerraum stellten. In das Zelt passten ungefähr zweihundert Leute rein.

Wir zeigten damals ein ungefähr vierzigminütiges Programm mit Klaus Kaulis in seiner Paraderolle als

Hausmeister, Batama mit ihren Schlangen und Krokodilen, den Miko und Pepe Clowns und meinen Bauernhoftieren. Das war ein richtig kleines, schönes Circusprogramm. Eigentlich war das der Auftakt. Wir nannten unser Circusbaby »Charivari Film- und Fernsehcircus«.

In dem Park fanden verschiedene Shows statt. Wir sind dann immer kurz vor dem Ende der Stunt- Show, die auf einer riesengroßen Bühne gezeigt wurde und zu der sich zu jeder Veranstaltung rund 2.000 Leute einfanden, mit unserem Clown und einem Esel dort hin gegangen. Die Moderatorin gab mir das Mikrofon und ich kündigte unser Programm an. Die Parkbahn-Fahrer, welche die Leute immer von der einen zur anderen Show transportierten, bestachen wir dann, damit sie die Besucher zum Circusplatz chauffierten. Anfangs nahmen wir zwei, später dann drei Mark pro Person. An guten Tagen spielten wir unser kleines, aber feines Programm bis zu siebenmal.

Am Ende der Saison kauften wir uns das erste eigene Circuszelt, einen blauen Zweimaster, den wir noch bis 1999 besaßen. Nun gehörten uns zudem sechs Circuswagen, Logenwände und Logen. Das ganze Unternehmen sah inzwischen schon ein bisschen nach Circus aus.

Nach der Hauptsaison verlies Familie Kaulis uns, weil sie sich finanziell nicht mehr allzu viel versprach. Die beiden Clowns blieben und bauten den Circus weiter mit auf.

Wir hatten uns in diesem Park einen guten Ruf beim Publikum und in der Parkbranche aufgebaut. Diese Tatsache kam uns zugute, als der Veranstalter am Ende der Saison seine Parktore schloss. Wir bekamen ein

Angebot vom Freizeitpark in Verden an der Aller. »Kommt zu uns«, sagten sie, »macht hier euern Circus. Ihr bekommt von uns eine feste Gage.«

Ein verlockendes Angebot, endlich für festes Geld engagiert zu werden. Dazu noch für knapp acht Monate am Stück. Wir bekamen von der Parkleitung die Erlaubnis, Zuckerwatte und Programmhefte zu verkaufen und Besucherfotos zu schießen mit unseren Tieren. Mit diesen Polaroid- Fotos verdienten wir richtig Geld.

In diesem Park, in einer sehr beschützten Atmosphäre, bauten wir unseren Circus weiter auf. Die Parkleitung stand dem Gedeihen unseres Unternehmens sehr wohlwollend gegenüber. Sie halfen uns mit ihren Werkstätten. Ich erinnere mich sehr gern an den Werkstattleiter, den Klaus Heinemann, mit dem uns noch immer eine enge Freundschaft verbindet. Es kam dann schon mal vor, dass man laut darüber nachdachte, dass ein großes Löwenfreigehege nicht ganz schlecht wäre – vier Wochen später kam Klaus Heinemann und bat mich eher beiläufig, mit in seine Werkstatt zu kommen. Dort präsentierte er das neue Außengehege für unsere Kätzchen.

Wenn man bedenkt, dass wir damals nichts für Kabel und Schrauben bezahlen mussten, dann lernt man solche Engagements aus späterer Sicht doppelt schätzen. Kaufen sie heute mal Schrauben in einem Baumarkt. Ein Circus benötigt aber Tausende Schrauben.

In dieser Zeit kam Petra zum Unternehmen. Wir hatten uns kennen und lieben gelernt über Annoncen in der Circus Zeitung. Eine hatte Petra aufgegeben, die nach einer Anstellung als Tierlehrer-Assistentin suchte.

Ich hatte nach einer Partnerin für meine Illusionsnummer Ausschau gehalten.

Sprung ins kalte Wasser

Wir waren dann zwei Jahre in diesem Park und es zeichnete sich erneut ab – aber ich betone ohne unsere Schuld –, dass es dort nicht mehr so zu laufen schien. Unser Circus hatte inzwischen eine stolze Größe bekommen und war für diesen Park überdimensioniert. Wir trafen nun die Entscheidung, auf Reisen zu gehen.

Das haben wir dann auch gemacht, zunächst in einer abgeschwächten Form. Wir dachten uns: Der Park macht Mitte Oktober zu und wir gehen bis Dezember auf Reisen und probieren das alles mal aus.

Es lief dann verhältnismäßig erfolgreich, zumindest kostendeckend. Dennoch war das soviel Arbeit, dass mein damaliger Partner, der Michael Auth, sagte, das sei nichts für ihn, das Risiko sei zu groß. Er besaß damals Immobilien und befürchtete, diese nun aufs Spiel zu setzen. Er stieg aus. Wir übernahmen seine Anteile und waren damit alleiniger Eigentümer des Circus.

Dann kam das erste Jahr der Wahrheit, wo wir wirklich zehn Monate am Stück reisten. Ein entbehrungsreiches Jahr. Wir wussten manchmal nicht, wie wir die Gagen bezahlen sollten. Wir arbeiteten wie die Irren und sparten bei uns persönlich sogar an Essen und Kleidung. Zeitweilig kochte meine Petra für den ganzen Circus, fütterte und mistete aus, arbeitete im Büro und in der Kasse. Ganz nebenbei stand sie noch strahlend in täglich zwei Vorstellungen in der Manege. Vom privaten Haushalt wollen wir überhaupt nicht erst sprechen.

Dann kam der Punkt, wo ich mir sagte: »Was tust du dem Mädchen da an, wo ziehst du sie da rein, was machst du da eigentlich?« Das war ja alles Wahnsinn, denn man muss sehen, wenn du da mit halbkaputten Fahrzeugen durch die Gegend fährst, dann hat das unter Umständen auch strafrechtliche Konsequenzen.

Irgendwann haben wir die Notbremse gezogen und uns gesagt: »In dieser Gegend hier bringt es überhaupt nichts. Wir müssen hoch an die See, dort erst einmal bleiben, und vor den Urlaubern spielen.« Das war übrigens die Saison, wo der Norddeutsche Rundfunk bei uns war und einen einstündigen Film über uns gedreht hatte. »Die große Reise des Circus Charivari – zum Weinen schön« wurde Weihnachten gesendet und hatte eine große Publikumsresonanz.

Wir fuhren dann also in mehreren großen Etappen auf die Insel Usedom und spielten dort vor den Besuchern. Die ganze Sache gestaltete sich sehr erfolgreich. Durch diese geänderte Route sind wir der Pleite noch einmal von der Schippe gesprungen.

Wir konnten uns dann endlich mal einen Monat ausruhen, mal durchschnaufen und wieder einige Kräfte sammeln. Das ist ja eine wunderschöne Insel und wir hatten mal ein bisschen Zeit für uns.

Wir fuhren dann wieder von der Insel und mussten den nächsten dicken Hammer bewältigen. In unserem Unternehmen hatten wir zu jener Zeit 12 polnische Mitarbeiter beschäftigt und zunehmend mit dem Problem zu kämpfen, dass immer gestohlen wurde. Das waren nicht etwa Kleinigkeiten. Da wurde der Garderobenwagen aufgebrochen und das Fernsehgerät und

Videorecorder, die dort eingelagert waren, gestohlen. Das war Petras Eigentum und nachdem wir zusammengezogen waren, hatten wir diese Dinge doppelt.

Was uns nachdenklich stimmte, war die Tatsache, dass sich der oder die Diebe nach dem Bruch nicht etwa schnellstens vom Ort des Geschehens entfernt hatten. Im Gegenteil. Sie hatten sich die Zeit genommen, die Spuren zu beseitigen, sogar versucht das geknackte Türschloss wieder halbwegs instand zu setzen. Ein ähnliches Schicksal erlitten dann noch Kaffee- und Büffetwagen. Diese Brüche fanden oftmals dann statt, wenn irgendwelche Frauen unserer polnischen Mitarbeiter vor Ort auftauchten. Die reisten dann meistens wieder kurzfristig ab. Allerdings hatte uns die Art und Weise der Einbrüche schon darauf gebracht, dass dies die Handschrift von Leuten gewesen sein musste, die sich im Circus bestens auskannten.

Irgendwann war wieder so ein Einbruch und da betraf es die Restauration. Heidi Kaulis, damals zuständig für die Restauration, verständigte die Polizei. Diese fand auf einer Kasse, die aufgebrochen worden war, Fingerabdrücke. Alle Circusmitarbeiter sind für den nächsten Tag auf das Polizeipräsidium einbestellt worden, um sich dort einem Vergleich zu unterziehen.

Nun hatten wir ausgerechnet tags zuvor unsere Gagen ausgezahlt und der Schreck war groß, als am nächsten Morgen alle polnischen Mitarbeiter verschwunden waren. Abgesehen davon, dass damit natürlich klar war, wem wir die Diebstähle zu verdanken hatten, stand mit einem Schlage unser Circus ohne technisches Personal da. Der Circus stand und wir hatten tagelang selbst damit zu tun, alles fachgerecht zu verpacken und reisefertig zu machen.

Über eine Agentur kamen neue Kollegen. Damit war das Problem natürlich noch nicht gelöst. Die Neuen mussten angelernt werden und brauchten die notwendigen Papiere, denn sonst wären sie ja illegal in Deutschland beschäftigt. Das Risiko war nicht ohne. Hast du Leute inmitten einer Saison geordert, dann konnte es gut möglich sein, dass die gerade wo anders rausgeflogen waren.

Ich habe auch aus diesen Erlebnissen gelernt. Heute beschäftigte ich nicht mehr meine gesamte Mannschaft aus einer Nationalität, sondern ich mische das. Ich weiß nämlich sehr genau, dass sich die Nationalitäten untereinander nicht so grün sind und sich meistens nicht so gut vertragen. Damit ist fast klar, dass sie auch miteinander kaum etwas aushecken werden. Ich bin auch immer ganz gut informiert, was im Circus so läuft, weil der eine den anderen verpfeift.

Den Tipp bekam ich seinerzeit von meinem Freund Rudolf Probst, selbst ein erfolgreicher Circusdirektor. Ich habe seinen Rat beherzigt und seitdem keine solchen Probleme mehr gehabt.

Winterquartier in Russenkaserne

Zum Abschluss jener Saison sind wir nach Berlin gefahren, standen in Höhenschönhausen und sind dort fast im Schlamm versunken. Überwintert hatten wir in einer ehemaligen russischen Kaserne in Bernau. Ich kann mich noch ganz genau daran erinnern, dass wir diese Kaserne von der Stadtverwaltung zugewiesen bekamen. Da war ein sehr netter Ordnungsamtsleiter, der da sagte: »Ja, nehmt mal diese Kaserne. Da beißt ihr schon nichts von ab.«

Das war ein ganz unheimlicher Ort. Eine kleine Stadt, mit eigenem Krankenhaus, mit Supermarkt, einem Wohnviertel mit Plattenbauten, dem ehemaligen Gefängnis, Kreuzungen mit Verkehrsampeln und einer eigenen Schneiderei. Das stand alles leer. Auf so einem ganz kleinen Eckchen hatten wir uns eingerichtet und unsere Wohnwagen abgestellt.

Nachts war das teilweise ganz schön gruselig, weil diese Kaserne jede Menge zwielichtiges Volk anzog, das da sein Unwesen trieb. Ich erinnere mich noch sehr deutlich an eine Neonaziversammlung, die dort in der Nacht stattfand und die weniger schön war. Dann wurde nachts auf dem Kasernengelände geschossen, so dass wir die Polizei zu Hilfe holen mussten.
Trotzdem war das nicht das schlechteste Winterquartier. Heute steht diese Kaserne nicht mehr, sie musste Wohnblocks weichen.

An den Vormittagen bin ich immer mit meinem Rottweiler dort durch die Keller gestöbert. Man hat dort viel gefunden. Wir besitzen heute noch mehrere Tausend Knöpfe, die ich in der Schneiderei gefunden hatte. Die hatten dort kistenweise gelegen, Millionen Knöpfe.

Geld hatten wir natürlich überhaupt keines, das war klar. Aber trotzdem haben wir nie mit unseren Tieren in irgendeiner Weise gebettelt oder sind zum Sozialamt marschiert. Wir haben uns gelegentliche Jobs gesucht und Transporte gefahren.

Was mich am meisten nervte war, wenn im Herbst die Suche nach einem Winterquartier losging. Eine

unglaublich nervenaufreibende Sache. Wenn du dann
endlich bei einem Bauern einen Schuppen hattest,
dann kam der am nächsten Tag an und wollte alles
rückgängig machen. Zwischenzeitlich hatte er einen
Anruf vom Landratsamt bekommen. »Machen sie das
bloß nicht«, wimmerte die Behörde. »Wenn die kommen und holen Sozialhilfe.«

Irgendwie waren die Winter immer besonders hart.
Wir haben oft überlegen müssen, ob wir uns ein Bröt-
chen leisten können, oder lieber Toast-Brot essen. In
einem Winter hatte der Sturm uns die Satellitenschüssel umgeblasen und abgebrochen. Nun saßen wir da
den ganzen, lieben Winterabend und hatten kein
Fernsehen. Wir hatten aber auch kein Geld, um uns
für 40 Mark eine neuen Schüssel zu holen.

Es waren also ganz schwierige Jahre. Nach einem
ganz schrecklichen Winter auf einem Bauernhof, wo
wir noch nicht einmal eine richtige Stallung hatten für
die Tiere, haben wir dann das Winterquartier in
Ziegelroda gefunden.

Es ist mit unserem Circus von Jahr zu Jahr bergauf
gegangen. Auch in der Anfangszeit waren – trotz aller
Schwierigkeiten – die Fortschritte sichtbar.

Ärger mit der Konkurrenz

In dieser Zeit hatten wir sehr viel Ärger mit der
Konkurrenz, die versuchte sich uns vom Leib zu halten. Da kamen die lieben Kollegen der anderen Klein-
circusse an und drohten: »Wenn du auf diesen Platz
fährst, dann bauen wir dich ab, dann gibt's Prügel.«
Dann hast du plötzlich zwei Probleme: Das erste ist,

wenn du nachgibst, dann baust du nirgendwo mehr auf, weil die dann deine Tournee übernehmen. Das zweite Problem kommt auf dich zu, wenn sie dann wirklich kommen. Da hätten wir wirklich schlechte Karten gehabt, weil wir ja zu dieser Zeit alleine waren. In den Wintermonaten hatten wir ohnehin keine Arbeiter und verrichteten alle Tätigkeiten selbst. Oder du wurdest in der Öffentlichkeit schlecht gemacht oder bei den Stadtverwaltungen angeschwärzt.

Ein guter Freund war damals wie heute eigentlich immer Rudolf Probst, der uns anbot: »Wenn ich euch helfen kann, dann sagt bescheid. Ich helfe euch. Der Circus, den ihr macht, der ist in Ordnung. Ihr zeigt den Leuten wenigstens was und ihr bemüht euch. Ihr reist ehrlich durch die Lande.«

Das Urteil eines solchen Experten, der selbst Jahrzehnte einen der besten Circusse Deutschlands führte, das zählte für uns sehr viel. Rudolf Probst hat uns in dieser Zeit Mut gemacht. Aber das war so ziemlich der einzige.

Ein »dickhäutiger« Deal

Im Jahre 1999 kam die endgültige Auflösung des DDR-Staatscircus. Irgendeiner hat mal nachgerechnet und festgestellt, dass das Winterquartier in Hoppegarten jährlich Unsummen verschlang. Man begann das Winterquartier aufzulösen und die Tiere zu verkaufen.

Wir hatten schon einige Zeit zuvor Kontakte geknüpft zur Berliner Circus Union, zu Gerhard Klauss. Wir mieteten – mehr oder weniger kostenfrei – die große Exotengruppe. Die Circus Union war froh, dass keine Futterkosten mehr anfielen, und wir hatten die Tiere in unserem Programm.

In der Phase der Auflösung bekamen wir ein Schreiben vom Verwalter, einem Wirtschaftsprüfer aus Berlin, der uns zur Rückgabe des Exotenzuges aufforderte. Ich fuhr nach Berlin und erklärte, dass ich eigentlich nicht vorhabe, den Exotenzug zurückzugeben. Wir würden die Tiere gerne erwerben. »Na gut«, sagte der Verwalter, »dann machen sie mal. Brauchen sie denn sonst noch was?« Ich zählte ihm noch einige Sachen auf, für die ich mich interessierte: Wagen, Fahrzeuge, Zubehör. »Schreiben sie alles auf«, forderte er mich auf, »und machen sie ein Angebot.« Irgendwann fragte er uns dann noch, ob wir nicht noch zwei Elefanten haben wollten. Da haben wir uns angeschaut, Petra und ich, und dankend abgelehnt. Wir hatten immer ein relativ gestörtes Verhältnis zu Elefantennummern im Circus. Außerdem war es natürlich eine ökonomische Frage. Das Winterquartier müsste umgebaut und eine Heizung installiert werden. Die Entsorgung des Mistes war ebenso ein Problem wie die Finanzierung des zusätzlichen Futters. Eine kostenintensive Angelegenheit.

Dann sind wir nach Hause gefahren, den Kaufvertrag für die Exoten und für das Material, für das wir uns noch interessierten, in der Tasche. Wir begannen noch einmal über das Angebot nachzudenken. Eigentlich, so erkannten wir, wäre die Arbeit mit den Elefanten auch eine Chance. Wir könnten der Öffentlichkeit zeigen, dass man auch mit diesen Tieren anders arbeiten kann. Zudem hatten wir diese beiden Dickhäuter für einen Weihnachtscircus in Weimar zuvor engagiert und wussten durchaus, auf was wir uns da einlassen würden.

Wir waren uns schließlich einig. Ich rief den Verwalter an und teilte ihm unsere Entscheidung mit. »Machen sie ein Übernahmeangebot«, schlug dieser vor. »Aber ich sage ihnen gleich, so einfach wird das nicht. Da müssen schon etliche Anforderungen erfüllt sein, damit die Tiere übernommen werden können. Wir sind ja praktisch der Staat, und der Staat kann seine Tiere nicht in eine schlechte Haltung geben, in eine, die nicht gesetzeskonform ist. Verstehen sie?«

Natürlich hatten wir verstanden. Ich hatte anschließend ein schriftliches Konzept entwickelt und dort unsere Vorstellungen niedergeschrieben. Wir machten uns wenig Hoffnung, dass ausgerechnet wir den Zuschlag für die beiden Kostbarkeiten bekommen sollten. Schließlich reichten wir das Konzept ein – und es wurde angenommen.

Also ging die Reise noch einmal nach Berlin, wo wir den Kaufvertrag aushandelten und unterschrieben.

Inzwischen hatte die gesamte Branche von dem bevorstehenden Kauf Wind bekommen. Ein indischer Elefant, das muss man wissen, ist ein seit mehreren Jahrzehnten artengeschütztes Tier, das einem absoluten Im- und Exportverbot unterliegt. Elefanten sind daher nicht mit Gold aufzuwiegen. Ein solches Tier ist nicht wieder beschaffbar. Wenn ein Elefant heute im Circus stirbt, dann gibt es keinen Ersatz. Jedes Unternehmen, das heute Elefanten besitzt, wird diese auch behalten. Wenn ein Zoo einen Elefanten nachzieht, dann behält auch er den Nachwuchs zum Bestandserhalt und gibt ihn nicht an einen Circus ab.

Nun richtete sich also die Aufmerksamkeit auf die beiden Elefanten. Auch die Tierschutzverbände erfuhren vom bevorstehenden Kauf. Sie versuchten die Verträge rückgängig zu machen. Selbst das Bundesfinanzministerium beschäftigte sich mit der Angelegenheit. Auf der anderen Seite wurden natürlich die lieben Kollegen aktiv, weil jeder liebend gern diese beiden Elefantenstars haben wollte. Und ausgerechnet wir bekamen sie.

An unseren Kaufverträgen gab es dann aber nichts zu rütteln und die beiden Elefanten gingen also in unser Eigentum über.

Bedingt durch die Tierschützerproteste, die es damals gab, bekam die Circus Union plötzlich ein Problem mit ihren anderen Elefanten, die noch zum Verkauf standen. Die konnten nun unmöglich an andere Circusunternehmen veräußert werden. Sie wurden deshalb in Zoos verbracht. Durchaus, wie wir uns inzwischen versichern konnten, nicht etwa in bessere Verhältnisse. Aber die Tierschützer hatten ihren Frieden.

In dieser Zeit machten wir uns zwar viele Feinde innerhalb der Branche, aber ungleich ist unser Ansehen gestiegen, was den Umgang mit Tieren betrifft und die Qualität unserer Tiernummern und Dressuren, weil wir die beiden Elefanten regelrecht umkrempelten. Es sind andere Tiere geworden, ausgeglichen und gutmütig. Niemand hätte das für möglich gehalten bei so reifen Elefanten, dass so etwas noch zu schaffen ist.

Selbst im Tierlehrerverband, in dem wir Mitglieder sind, waren wir Anfeindungen ausgesetzt. Wir hätten doch keine Ahnung, hieß es. Und nun bekämen ausgerechnet wir diese Tiere. Das wir aber schon zu diesem

Zeitpunkt eine zwanzigmal bessere Haltung praktizierten als 95 Prozent aller anderen Elefantenhalter im Circus, auf diese Idee ist da keiner gekommen.

Auch im nachhinein betrachtet, läutete der Erwerb der beiden Elefantendamen ein neues Kapitel in unserem Unternehmen ein. Ging es mit unserem Circus bis dahin stets bergauf, so hatten wir nun einen Punkt erreicht, ab dem es fortan steil bergauf gehen sollte.

Philosophisches Fazit

Ein Circus ist wie ein Kind. Es muss wachsen.
Erst ist es ein Baby, das noch nicht alleine krabbeln kann. Vergleichbar mit unserer Zeit im Park.
Dann ist es ein Kleinkind, das unbeholfen durch die Gegend läuft. Das waren unsere ersten Reisejahre.
Dann wächst es zu einem Jugendlichen heran. So würde ich uns heute einstufen.
Irgendwann ist es ein gestandener Erwachsener und macht berufliche Karriere. – Dort wollen wir noch hin.

II.

Von Artisten und anderen Künstlern

Mittlerweile gibt es uns über zehn Jahre und wir haben in dieser Zeit das Vergnügen gehabt, mit verschiedenen Mithelfern arbeiten zu dürfen. Eine Erfahrung brachte uns diese Zeit: Ein Circus zieht immer auch seltsame Vögel an.

Wir machten uns vor Jahren auf die Suche nach einem Zeltmeister, der sich um den Auf- und Abbau kümmern sollte und bekamen eine Empfehlung von unserem damaligen Bauchredner, der angeblich eine hervorragende Luftnummer wusste, deren männlicher Part sich zugleich mit dem Zeltbau auskannte. Der Empfohlene war zuvor als Zeltmeister beim Circus Sarrasani angestellt und wir dachten uns zurecht, dass er da aufgrund seiner Erfahrungen auch keinerlei Probleme mit unserer kleinen Bude bekommen sollte.

Es handelte sich um einen ungarischen Artisten, ungarischer Paprika sozusagen. Und seine Partnerin, dieses wurde uns bald klar, war offenbar das Bösartigste, was uns je unterkommen konnte. Wenn irgendwo auf dem Platz irgendwelche Kraftausdrücke zu hören waren, dann war diese Frau nicht allzu weit entfernt.

Die Partnerin des Zeltmeisters hatte noch die Bitte geäußert, die Restauration betreiben zu dürfen. Das kam uns durchaus entgegen. Na gut, dachten wir uns, dann sind wir wieder eine Sorge los. Pustekuchen.

Die Arbeit in der Restauration ging so lange gut, bis ich den ungarischen Kollegen eines Tages mit dem Glühweinbeutel unter der Jacke erwischte. Dann war das Thema erledigt. Und wir hatten die Sorge mit der Restauration dann doch wieder am Hals.

Bei uns im Circus gab es lange Zeit so eine Art »Schlachtruf«, der da lautete: »Wo ist der Homar (Hammer), wo sind die Pflocki (Anker)?« Den hatte uns unser ungarischer Zeltmeister vermacht, denn der Mann fand diese Utensilien so gut wie nie. So begrüßte man sich dann morgens und verabschiedete sich am Abend auf diese Weise. Aber fehlender Hammer und Anker waren nicht der Grund dafür, dass wir an den Fähigkeiten unseres Zeltmeisters allmählich verzweifelten.

Luftnummer Zeltmeister?

Wir hatten zu dieser Zeit noch eine zweite Luftnummer engagiert, ein Artistenpaar aus der Schweiz. Er zelebrierte eine tolle Rola- Rola- Nummer und beide waren hervorragende Schwungseilartisten. Bei denen stimmte einfach alles. Jedes Element war aufs Feinste choreographiert – alles stimmte und passte haargenau. Wenn aber irgendwas nicht stimmte, dann konnten sie ganz eklig werden. Der Grundsatz des Artisten war durchaus verständlich: Eine gute Circus-Nummer muss auch entsprechend zur Geltung gebracht werden.

Unser ungarischer Zeltmeister brachte es nun niemals fertig, das Zelt gleich aufzubauen. So hingen die Requisiten einmal links in der Kuppel, dann wieder rechts. Einmal so, dann wieder anders herum. Dem Zeltmeister war das relativ egal, der machte auf jedem Platz seine Arbeit in einer stoischen Ruhe. Jedes mal musste unser Schweizer Kollege seine Luftrequisiten wieder abbauen und neu aufhängen. Eine Heidenarbeit.

Einmal platzte unserem Rola- Rola- Artisten der Kragen und er schrie den Ungar an: »Weißt du was? Wenn du auf dem nächsten Platz noch einmal das Chapiteau verkehrt herum aufbaust, dann hau ich dir eins auf die Schnauze.«

Das hatte gesessen und der Zeltmeister verlor seine Ruhe. Er kam ganz aufgebracht zu mir und petzte.

Da ein solches Angebot nicht alltäglich ist, wollte ich schon wissen, was denn zwischen den beiden Streithähnen vorgefallen war. Der Ungar berichtete mir aufgeregt: »Na, weil ich immer Chapiteau aufbaue, einmal so und einmal so.«

»Ja, aber warum baust du es denn nicht immer gleich auf?«, wollte ich wissen.

Just in diesem Moment schien ihm die Erleuchtung gekommen zu sein, er tippte sich an den Kopf und antwortete: »Hab ich jetzt gute Idee. Male ich auf Kuppel großes *H* für hinten. Weiß ich immer, was ist hinten und was ist vorn.«

Jetzt verlor ich meine Ruhe und pfiff den Ungar an: »Wehe ich erwische dich, dass du die Kuppel beschmierst«.

Meine Drohung hatte anscheinend keinen Eindruck gemacht, jedenfalls leuchtete auf dem nächsten Platz ein großes *H* an der Circuskuppel. Indes geholfen hatte die Idee des Zeltmeisters auch nichts. Trotz des Buchstabens war die Kuppel wieder falsch herum aufgebaut. Das *H* für hinten prangte jetzt vorne.

Der Schmierfink indes hatte dann drei Tage lang zu tun, um die Ölfarbe mit Verdünnung abzuwaschen.

Abgesägt – und doch zu klein

Der Mann hatte aber noch eine andere harte Nuss zu knacken, an der er sich die Zähne auszubeißen schien. Zu seinen Aufgaben gehörte es, dass er für den Aufbau der Sitzeinrichtung, die damals noch aus Holzbänken bestand, verantwortlich war. Wegen der Konstruktion eines Zeltes war es so, dass er darauf achten musste, wo die vorderen und wo die hinteren Bankreihen zu stehen hatten, denn sie waren – logischerweise – unterschiedlich lang. Eigentlich kein Problem, wenn man bereits beim Abbau die Bänke so verstaute, dass man sie der Reihe nach wieder entladen und einbauen konnte.

Für unseren Zeltmeister schien dies ein unüberwindbares Problem. Er hatte die Logistik nicht im Griff. Nichts stimmte, nichts passte. Er lud jedes Mal die großen Bretter zuerst aus, die eigentlich nach oben gehörten, und ordnete sie unterhalb an. Seine Verwunderung hielt nicht lange. Er nahm die Säge und kürzte die Bretter schnurstracks. Dann passten sie. Später kam er dann zu mir gelaufen und sagte ganz aufgeregt:

»Blöde Bänke, irgendetwas stimmt hier nicht. Alle Bretter von oben zu klein.«

Unser Zeltmeister war ja außerdem Artist – und hinterließ auch hier, gemeinsam mit seiner Frau, seine unverwechselbaren Spuren. Vermochten die Beiden in der Manege ihr überschäumendes Temperament noch zu zügeln, so brach es nach dem Verlassen der Arena ungehemmt aus. Es kam alltäglich zu leidenschaftlichen Szenen, denn es begann regelmäßig der Streit darüber, wer denn an welchem Fehler schuld gewesen sei. So geschah es eines Tages, dass sie sich just auf einer Wintertournee eine bleibende Erinnerung ihrer Leidenschaft schufen.

Am Heiligabend gab es vor der Vorstellung die Bescherung und die beiden Artisten bekamen von ihrer Tochter eine Videokamera geschenkt. Das war damals schon ein besonderes Präsent, denn die Technik hatte gerade erst Einzug gehalten und war noch sehr teuer und daher selten anzutreffen.

Nun filmte das Mädchen ihre Eltern wie diese aus der Manege tanzten, also mit breitem Lächeln auf ihren Gesichtern und innigst umarmt. Allerdings waren sie mit der neuen Technik offenbar noch nicht so vertraut und wussten anscheinend nicht, dass zum Bild auch die Aufnahme des Tones läuft. So glich die erstmalige Familiendokumentation dem sprichwörtlichen zweischneidigen Schwert: Die innige Umarmung der beiden Artisten wurde durch ihre gleichzeitige Schimpfkanonade köstlich untersetzt.

Der einstige Direktor von Busch-Berolina, Hans Bernsdorf, an seinem letzten Arbeitstag. Foto: Charivari-Archiv

Unsere Kolobov-Clowns in Magdeburg 1997.
Foto: Wolfgang Warnecke

Charivari im zweiten Jahr seines Bestehens im Freizeitpark Verden.

Badespass in der Ostsee: Ein Vergnügen für Zuschauer und Tiere.   Fotos (2): Wolfgang Warnecke

Blick auf den Haupteingang des Circus in Fallingbostel 1997.

Liebesspiele – mit Laila, der Löwin.

Fotos (2): Wolfgang Warnecke

Erinnerung: Der inzwischen ausgemusterte Bürowagen der Direktion des Circus Charivari.

Programmplanung: Der Direktor in einem Mitarbeiter-Gespräch.   Fotos (2): Wolfgang Warnecke

Wir hatten uns über eine Annonce kennen gelernt. Petra in ihrer ersten eigenen Darbietung.   Foto: Wolfgang Warnecke

Rank und schlank im Freizeitpark Verden. Leider auch Vergangenheit.   *Foto: Wolfgang Warnecke*

Clown Miko: Mit ihm zusammen haben wir unseren Circus 1993 gegründet. Mit auf diesem Foto übrigens ein Kollege, der vom ersten Tag des Circus Charivari bis heute bei uns beschäftigt ist.   *Foto: Wolfgang Warnecke*

Der Circus Charivari im Jahre 2002 bei seinem Gastspiel in Weißwasser.   *Foto: Charivari-Archiv*

Das Direktorenpaar Jochen Fleischmann und Petra Griesing in Erfurt 1999.   *Foto: Wolfgang Warnecke*

Problemjob Zeltmeister

Glück mit unseren Zeltmeistern hatten wir in den vergangenen zehn Jahren nicht allzu oft.

Ein anderer brachte beispielsweise das seltene Kunststück fertig und befestigte eine Absegelung vom Pferdestall an einem Lastkraftwagen. Der Fahrer wusste von der Lösung jedoch nichts und setzte sein Fahrzeug in Bewegung.

Von dem neuen Stallzelt blieb nicht viel übrig.

Artisten-Engagement auf Zeit

Im Verlaufe der vergangenen zehn Jahre sind viele Artisten bei uns gewesen. Die Leute werden in der Regel für eine Saison engagiert. In der Regel bleiben sie nicht länger als zwei Jahre, weil wir nach dieser Zeit alle Städte aufs neue bespielen wollen und dann dem Publikum auch ein neues Programm zeigen möchten. Wir versuchen abwechslungsreichen Circus zu machen und dem Publikum die gesamte anspruchsvolle Breite eines lebendigen Circusprogramms zu zeigen.

Auf Händen von Jerusalem nach Tel Aviv

Wir haben in diesen zehn Jahren sehr gute Erfahrungen gemacht mit Artisten — und natürlich auch weniger gute. Es gab viele tragische Geschichten.

Von einer möchte ich erzählen. Sie handelt vom einstigen König der Handstand- Equillibristen. Er nannte sich selbst so und er wurde in der Branche auch so genannt. Er lief auf Händen von Jerusalem nach Tel Aviv. Er stand auf Händen auf Brückengeländern in Paris und auf Hochhäusern in New York.

Dieser Artist bewarb sich um ein Engagement bei uns und wir fühlten uns durchaus geehrt, dass ausgerechnet ein so berühmter Manegenkünstler den Weg in unseren jungen Circus gefunden hatte. Wir hatten zuvor ein Video angeschaut, das uns sehr gefallen hatte. Dass einzige, was uns missfiel, war, dass die Kostüme schon etwas altmodisch wirkten. Na gut, sagten wir uns, wir sprechen mit dem Artisten darüber, dass wir bei der Kostüm- und Musikauswahl ein Wörtchen mitreden wollen. Wir engagierten ihn.

Es näherte sich der Premierentermin, doch der Mann ließ auf sich warten. Eigentlich hatten wir vereinbart, dass er einige Tage früher anreisen sollte. Schließlich waren die Formalitäten noch zu erledigen.

Wir telefonierten mehrfach mit seiner Freundin, einer dänischen Circusprinzessin, die allerdings auch nicht wusste, wo er steckte, uns aber versicherte, dass er pünktlich losgefahren sei. Er kam dann einige Stunden vor der Premiere an und entschuldigte sich. Er erzählte uns, dass er unterwegs ein Krankenhaus aufgesucht hatte, weil er einen Hexenschuss erlitten hätte. Er habe zwar fürchterliche Schmerzen, doch sei er schließlich Artist durch und durch. Er werde die Premiere machen. Wir sollten ihm allerdings nachsehen, dass er die normale Leistung nicht erbringen könne.

Was uns zu diesem Zeitpunkt auffiel: der Mann schien deutlich älter zu sein, als auf dem Video, welches wir zuvor gesehen hatten. Im nachhinein stellte sich heraus, dass der Film mindestens 15 Jahre alt war, daher die altmodischen Kostüme und die antiquierte

Musik. Und das war nicht alles: Außerdem stellte sich heraus, dass der Mann nicht etwa unter einem Hexenschuss litt, sondern dass es sich um einen Dauerzustand handelte. Ein Telefonat mit dem Direktor des Circus, bei dem er vorher tätig war, offenbarte, dass er einen Schlaganfall erlitten hatte und seit dem mit gewaltigen Gleichgewichtsproblemen zu kämpfen hatte und auch das zentrale Nervensystem geschädigt schien.

Es passierten wunderlichste Dinge. Er breitete morgens seinen Teppich auf einer vor dem Circus liegenden Hauptverkehrsstraße aus und machte dort seine artistischen Übungen. Mit dieser ungewöhnlichen Aktion brachte er den Verkehr zum Erliegen.

Eines Tages stand er morgens um neun Uhr im Kostüm am Eingang und erregte sich furchtbar darüber, dass die unzuverlässigen Kollegen nicht zum Einlass kamen. Ich machte ihn darauf aufmerksam, dass ja jetzt überhaupt keine Vorstellung sei, sondern erst am Nachmittag um vier Uhr. »Ach ja«, sagte er dann verunsichert, »es ist noch nicht vier Uhr? Dann geht meine Uhr wohl nicht«.

Schließlich sammelte er auf jedem Circusplatz Steine, ganz normale Steine. Diese brachte er in seinen Campingwagen. Das ging dann soweit, dass der ganze Fußboden bedeckt war von diesen Steinen. Zehn bis zwanzig Zentimeter hoch. Die Kollegen schlossen Wetten ab, wann denn der Camping zusammenbrechen würde. Zudem betete er zu allen möglichen und unmöglichen Zeiten und schmückte seinen Wagen ganz sakral.

Das Schlimmste war jedoch, dass seine Arbeit in der Manege nicht mehr vertretbar war. Er konnte kaum auf seinen zwei Beinen das Pidestal betreten, geschweige denn mit den Händen. Bei der Jonglage, die Bestandteil seiner Nummer war, gelang es ihm nicht mehr, die Requisiten aufzufangen.

Das blieb dem Publikum nicht verborgen. Einige Gäste äußerten die Vermutung, dass der Artist betrunken sei.

Zudem aß er Knoblauch kiloweise. Die Leute in den Logen beschwerten sich über den stechenden Gestank. Er kam zum Einlass, die Haare waren nicht gekämmt, seine Anzüge kombinierte er abenteuerlich. Schwarze Hose zu braunen Schuhen.

Anfangs hatte ich Skrupel, zu dem Mann zu gehen und zu sagen: »Hören sie, kämmen sie sich doch die Haare.« Das war ein Artist, der zehn mal so lange im Geschäft war wie ich selbst. Er hatte an den größten Häusern der Welt gearbeitet.

Irgendwann eskalierte die Situation. Es gab kein zurück: ich musste mit ihm spreche. Natürlich war er furchtbar beleidigt. Hinzu kam, dass er ein sehr, sehr netter Mensch gewesen ist und allen sehr höflich begegnete. Da fiel es mir besonders schwer, ihm mitteilen zu müssen, dass es nicht mehr so weiter gehen könne. »Wir müssen uns trennen, es tut mir leid«, meinte ich schweren Herzens, »aber der Vertrag ist unter anderen Voraussetzungen zustande gekommen«. Ich machte ihm den Vorschlag, seine Gage auszubezahlen und den Vertrag zu lösen.

Wenn er bis dahin unbeholfen wirkte, so war er es in dieser Situation überhaupt nicht mehr: Sein Weg führte ihn sofort zum Anwalt. Er pochte auf seine Weiterbeschäftigung. Wir benötigten ein gutes halbes Jahr, bis wir ihm rechtskräftig kündigen konnten.

Es dauerte trotzdem eine ganze Weile, bis wir das Rätsel um seine Person lüften konnten. Es war uns aufgefallen, dass er oft tagelang nicht anwesend war. Er fuhr in jeder freien Sekunde, auch wenn wir Hunderte Kilometer weit weg waren, nach Dänemark zu seiner Freundin und beschenkte sie. Dabei hatte er nie Geld, lebte ständig im Vorschuss, kaufte aber seiner Freundin immer Schmuck und allerlei andere kostbare Dinge.

Nach seiner Kündigung fuhr er also vom Platz, aber keiner wusste, wohin sein Weg führte. Später erfuhren wir, dass er danach ein Engagement in einem Freizeitpark angetreten hatte. Schon nach kurzer Zeit wurde ihm wieder gekündigt. Er ging nach Dänemark zu seiner Freundin und heiratete sie auch.

Von seiner Frau haben wir dann erfahren, dass es aber auch dort Probleme gab, weil er sich so seltsam benahm. Er verbrannte zum Beispiel den gesamten Hausrat. Irgendwann war er dann verschwunden, angeblich wollte er wegen einer Rentenangelegenheit in seine Heimat nach Österreich fahren. Dort lebte er in ärmlichen Verhältnissen. Seine Frau suchte schließlich nach ihm, weil er nichts mehr von sich hören ließ. Sie fand ihn dort im Keller erhängt, zwischen seinen Requisiten. Die Wand war beschmiert mit Schminkstiften und es stand dort zu lesen: »Helft mir! Hilfe!«

Ein ganz tragisches Ende und wir hatten uns alle ganz fürchterliche Vorwürfe gemacht. Hätten wir ihn nicht entlassen, dann würde er vielleicht noch leben. Der Gedanke an das Schicksal des Artisten quälte uns noch sehr lange.

Bei mir ist das so: Ich merke immer als aller letzter, was im Circus so los ist, wer mit wem ein Verhältnis hat, wer schwanger wurde und so weiter. Ich bemerke diese Dinge immer erst dann, wenn alles zu spät ist. Der ganze Circus weiß Bescheid, nur ich nicht, weil ich auf solche Sachen einfach nicht achte.

So blieb mir auch verborgen, dass die Artistin eines Duos, die eine Kostümillusion zeigte, offensichtlich schwanger geworden war. Was ich nicht mitbekam, dass hatten die Kollegen schon kurz nach Beginn ihres Engagements bemerkt. Sie wurde immer dicker. Jedem fiel auf, dass die Kleider nicht mehr so rutschten, wie sie eigentlich sollten in dieser Kleiderwechselnummer. Nur mir eben nicht.

Irgendwann im September öffnete mir dann meine Frau die Augen. Die Artistin sei so unförmig geworden, sagte sie, und deutete ihre Vermutung an. Erst da bemerkte ich es auch.

Daraufhin sprach ich sie an und fragte nach, ob sie denn schwanger sei. Sie bestätigte mir meinen Verdacht. Es stellte sich heraus, dass sie bereits im siebten Monat war und damit fiel es mir wie Schuppen aus den Haaren, dass sie das Saisonende zwar als Mutter aber nicht als Artistin in unserem Programm erleben werde. »Ja«, bestätigte sie, »wir haben uns auch gedacht, in 14 Tagen nach Hause fahren zu wollen«.

Ich fragte sie, ob sie sich denn nicht ihrem Arbeitgeber gegenüber verpflichtet fühle, ihm rechtzeitig über eine Schwangerschaft zu informieren.

»Das hätten wir dann schon noch gemacht«, antwortete sie.

»Ja, aber wann denn«, zeigte ich mich ungehalten, »etwa, wenn die Wehen eingesetzt hätten?«

Es wird viel über Unfairness von Circusdirektoren gegenüber Artisten gesprochen. Die mag es auch geben, ganz sicher. Aber wir haben auch viel Unfairness gegenüber der Direktion kennen gelernt.

Wasser und Strom

Bei unserem Circus ist es so, dass es Tag und Nacht Strom und Wasser gibt. Das klingt zwar selbstverständlich, ist es aber durchaus in der Branche nicht. Es gibt renommierte Circusse, da bekommen Mitarbeiter und Artisten nur während der Vorstellung Strom.

Natürlich muss der Wagen mit dem Aggregat, den zahlreichen Kisten und Kabeln, erst einmal von A nach B transportiert werden. In dieser Zeit, das ist logisch, gibt es zunächst keinen Strom. Der Elektriker muss die Leitungen verlegen und alles anschließen. Obwohl wir inzwischen relativ kurze Distanzen fahren, kann es passieren, dass die Leute eben eine oder zwei Stunden auf Energie warten müssen.

Wir hatten Artisten, denen war auch diese Zeit zu lang, die haben sich ein Brecheisen genommen, die städtischen Stromkisten aufgebrochen und sich dort angeklemmt. Und das nicht nur einmal.

Andere beschwerten sich darüber, dass die Wagen der Arbeiter früher Strom bekamen wie die Campingwagen der Artisten. Das war zwar durchaus nicht die Regel, konnte aber tatsächlich vorkommen. Der Elektriker hat sich von der Stelle aus, wo die städtische

Stromkiste stand, seinen Weg logisch aufgebaut. Wenn die Wagen der Arbeiter dieser Stromquelle am nächsten standen, dann waren sie den Artisten gegenüber im Vorteil und bekamen einige Minuten früher Strom.

Es sind durchaus einige Artisten der Auffassung, dass sie die ersten sein müssten, die an Strom und Wasser angeklemmt werden. Das sehe ich allerdings ganz anders. Zunächst mache ich erst einmal überhaupt keinen Unterschied, ob es sich um einen Artisten oder um einen Arbeiter handelt. Auch Nationalitätsunterschiede mache ich nicht. Da kann es schon passieren, dass ich mächtig sauer werde und darüber nachdenke, ob ich eine Nummer ein zweites Jahr engagiere oder nicht.

Ätsch, wir sind schon bei Marx!

Kein Fabrikdirektor käme auf die Idee, seinem Arbeitnehmer den privaten Strom zu bezahlen, seine Müllabfuhr oder sein Wasser. Dafür bekommt er sein Gehalt oder seinen Lohn. Von einem Circusdirektor erwartet man das. Die Mitarbeiter bessern sich auf diese Weise ihre Gage auf, wenn man es richtig betrachtet.

Andere phänomenale Erkenntnisse

Dies ist ein Phänomen, das ich in diesen Jahren immer wieder erlebte. Da mussten Artisten in Circussen arbeiten unter den schlimmsten Verhältnissen: Sie erhielten unregelmäßig ihre Gagenzahlungen, hatten kein Strom oder Wasser, wenig Spieltage, mussten in niveaulosen Programmen auftreten usw. In diesen Unternehmen gab es aber kaum Probleme. Arbeiten diese Artisten dann aber ein halbes oder ein ganzes Jahr in geordneten Verhältnissen und werden anständig behandelt, bekommen Wasser und Strom, haben viele Spieltage und erhalten regelmäßig ihre Gage, dann machen sie Probleme. Die ertragen solche Bedingungen vielleicht nicht. Irgendwie scheint der Spruch doch halbwegs zu stimmen: Ist es dem Esel zu wohl, geht er aufs Eis.

Stühle rücken

Bei uns werden die Artisten nicht zu den Aufbauarbeiten herangezogen. Sie sollen sich auf ihre eigentliche Tätigkeit konzentrieren. Bis auf eine Ausnahme: Sie sollen nur das tun, was in jedem Circus der Welt üblich ist, nämlich die Stühle in die Logen stellen und die Logen sowie die Manege aufbauen. Das ist alles.

Das ist eine Arbeit von – sagen wir – rund 20 Minuten.

Glorifizierte Vorstellungen

Manche Menschen haben eine glorifizierte Vorstellung von den Artisten und deren Leben. Sie denken, die Artisten rackern und probieren den ganzen Tag lang.

Dies ist aber nicht so. Die einzigen, die wirklich täglich probieren müssen, sind die Jongleure. Aber ansonsten habe ich Circusartisten so gut wie nie probieren sehen. Sie haben auch nicht soviel Zeit. Es wird ausgiebig geschlafen und Videos geschaut...

Artisten haben das Privileg, die ganze Welt kennen zu lernen. Ich selbst beneide sie, weil wir selbst nur durch Deutschland reisen. Die Kollegen kommen vielleicht eben aus Amerika, oder waren in Japan engagiert. Wenn du die Artisten aber danach fragst, wie es denn gewesen sei in Amerika oder in Japan, dann bekommst du die Antwort: »Ja, normal. Wir haben unsere Gage bekommen, hatten immer Strom.«

»Ja und? Wie war das Land?«

»Ja, ich weiß nicht. Japan halt.«

Was ich sagen will: Die wenigsten Artisten interessieren sich für ihre Umgebung. Die schlafen bis Mittag und dann wird in Erfahrung gebracht, wo denn die nächste Videothek zu finden ist. Oder die Satellitenschüssel wird ausgerichtet. Die Schüssel ist sowieso immer das erste, was am neuen Gastspielort funktioniert.

Für mich wären die Prioritäten andere. Wenn ich beispielsweise die Gelegenheit hätte in Japan zu arbeiten, dann würde ich mir das Land anschauen, Städte besichtigen und deren Sehenswürdigkeiten. Unter den Artisten herrscht da eine ganz eigenartige Mentalität. Aber letztlich sind es Dinge, die jedem selbst überlassen bleiben. Für mich ich als Direktor letztlich wichtig, ob derjenige die Arbeit gut macht, ob er sich benimmt und anpasst. Er muss seine Arbeit so präsentieren, wie wir sie eingekauft haben.

Bei den Arbeitern, beim technischen Personal, begegnest du einer anderen Erscheinung: Wenn die Leute zu uns kommen, dann kann das ein, zwei, drei oder vier Jahre gut gehen. Oft kommt es dann zu Problemen. Wir müssen die Leute auswechseln, weil es schließlich überhaupt nicht mehr geht.

Wir haben uns Gedanken darüber gemacht, woran das liegen könnte. Ich denke, dass die Gründe eng mit den zumeist einfachen Charakteren zusammenhängen. Irgendwann denken die Mitarbeiter, dass der Circus ohne sie nicht weiter funktionieren kann. Sie stellen unangebrachte Forderungen oder nehmen ihre Arbeit nicht mehr ernst.

Zwischen den Stühlen

An dieser Stelle möchte ich eine Lanze brechen für den Platzmeister. Das ist in aller Regel ein ganz armer Mensch. Im obliegt zum Beispiel die undankbare Aufgabe, die Wagen und Campings zu stellen. Er bestimmt also darüber, wer neben wem stehen wird. Fehler können verheerende Folgen haben. Der Platzmeister sitzt quasi zwischen allen Stühlen und bewegt sich in einem ständigen Interessenkonflikt.

Ein Beispiel. Die Artisten wollen ihr Fernsehdasein möglichst nur kurzzeitig unterbrechen. Sie haben also ein natürliches Interesse daran, einen möglichst kurzen Weg zum Sattelgang zu haben, dem direkten Zugang zur Manege. Der Direktor aber sagt, er möchte keine angebundenen Hunde vor den Campingwagen. Das Gesamtbild soll nicht von Müllsäcken verschandelt werden, von herumliegendem Spielzeug oder angebundenen Fahrrädern. Kurzum: Er will die Wagen der

Artisten etwas abseits haben. Der Konflikt ist vorprogrammiert.

Doch damit nicht genug. Es kann auch nicht jeder Artist mit jedem. Der Platzmeister muss die Befindlichkeiten kennen und sie möglichst beachten, wenn Spannungen vermieden werden sollen. Ein Mitarbeiter geht abends frühzeitig schlafen, ein anderer Beschäftigte feiert gern Partys, ein weiterer Bewohner besitzt einen Hund, der immer bellt. Das sind Dinge, auf die Rücksicht genommen werden sollte, wenn es denn geht. Aber es geht eben nicht immer. Und es gibt vorrangige Belange. Da kann nicht dauernd auf Animositäten Rücksicht genommen werden.

Die Gage zu niedrig

Wir hatten Artisten beschäftigt, die nach 14 Tagen kamen und sagten:

»Schauen sie mal, Herr Direktor, wie die Leute da vorn an der Kasse anstehen. Sie verdienen ja soviel Geld. Da ist unsere Gage zu niedrig.«

Ich machte sie darauf aufmerksam, dass wir einen Vertrag ausgehandelt hatten, in dem klar vereinbart wurde, wie viel welcher Artist wann bekommt.

»Dann müssen wir uns überlegen, was wir machen«, bekam ich zur Antwort. »Vielleicht kürzen wir unseren Auftritt. Oder wir fahren ganz nach Hause. Das wissen wir noch nicht.«

Ich fragte nach, wie es denn sei, wenn an der Kasse im Hochsommer bei 35 Grad Hitze weniger Leute stehen und dann nur fünfzig Gäste in der Vorstellung

sitzen, ob man in dem Falle auf Gage verzichten werde.

Die Antwort bestätigte meine Vermutung: »Nein,
nein«, meinten die Artisten erwartungsgemäß, »das
wollen wir so natürlich nicht. Bei der Gage muss es
dann schon bleiben.«

Unglücksrabe Magier

Wir hatten einen Magier engagiert. Der Mann hatte
einen Nachteil: er war häufig krank. Er hatte in unserem Programmablauf zudem noch einen sehr umfang-
reichen Part, er lief sozusagen als roter Faden durch
das ganze Programm. Und er moderierte.

Das erste Mal, als er ausfiel, brach er sich vor seinem
Wohnwagen einen Fuß. Wir improvisierten einfach,
stellten ihn auf eine Sackkarre und fuhren ihn mit seinem Gipsbein in die Manege. Nach seinem Auftritt
ging die Fuhre wieder nach draußen. So machten wir
das bei den Ansagen und bei seiner Nummer. Die
Requisiteure transportierten alle Utensilien, die er
brauchte. Das alles war letztlich kein Problem, denn –
man muss wissen - bei einer solchen Nummer ist der
eigentliche Akteur die Assistentin, die im Schweiße
ihres Angesichts schuften muss.

Das zweite Mal passierte ihm ein Unglück ausgerechnet vor einer Premiere in einer großen Stadt. Der
Herr war ein passionierter Heimwerker und versuchte
sich an allerlei handwerklichen Arbeiten. Allerdings
gingen diese Beschäftigungen in den allerwenigsten
Fällen glimpflich ab, denn es passierte immer irgendetwas.

Es kam also, wie es kommen musste, und unser Magier schnitt sich eines Tages in den Finger. Neben einer gewissen Wehleidigkeit zeichnete sich der Kollege ohnehin zudem noch durch einen gewissen Hang zur Übertreibung aus. Als ich ihm anbot, die Wunde mit einem Pflaster zu versorgen, antwortete er mit erhobenem Finger: »Nein, nein. Ich habe bereits den Notarzt bestellt.« Tatsächlich kamen auch zwei Einsatzfahrzeuge des Roten Kreuzes, die unseren Magier mitnahmen. Seine Frau erzählte uns dann später: »Also, mein Mann, der ist schwer verletzt. Der ganze Arm ist eingegipst.«

Na gut, dachte ich mir, wenn er schon nicht arbeiten kann, dann sollten wir aus der Sache wenigstens etwas für die Presse machen. Wir schickten unseren Clown mit der Assistentin des Magiers und einem dicken Blumenstrauß ins Krankenhaus und gaben der Presse einen Tipp. Die sollten ein Foto machen vom leidenden Magier im Krankenbett, assistiert vom Clown und seiner Assistentin.

Das Foto erschien am nächsten Tag auch wirklich in der Zeitung. Allerdings vermissten wir den eingegipsten Arm. Stattdessen war das Fingerchen des großen Magiers eingewickelt. Trotzdem schaffte es unser Kollege doch wegen seiner Verletzung, acht lange Tage im Krankenhaus zu verbringen.

Schließlich wurde er entlassen und lief mit hoch erhobenen Finger über den Platz. Er dachte offenbar überhaupt nicht daran, wieder mit der Arbeit zu beginnen. Ich habe dann doch ganz vorsichtig nachgefragt, wann es denn wieder losgehen könnte, denn schließlich mussten wir die ganze vergangene Zeit improvisieren, was das Zeug hielt.

»Also, Herr Fleischmann«, antwortete der Magier allen ernstes, »meine Fingerfertigkeit ist noch nicht hergestellt.«

Irgendwann ging es dem Finger des großen Meisters wieder besser und er nahm die Arbeit doch wieder auf. Bei den Kollegen indes hatte er seinen guten Ruf verspielt. Die redeten, wenn es um ihn ging, nur noch vom Kistenkasper.

Vom Winde verweht

Wenn Stürme blasen und die Arbeiter helfen draußen, sichern die Zelte und Anlagen, sorgen dafür, dass nichts zerrissen wird oder wegfliegt, dann siehst du selten einen Artisten, der versucht mitzuhelfen. Wenn er überhaupt aus seinem Wagen kommt, dann allenfalls um seine Requisiten in Sicherheit zu bringen. Damit hält er seinen Teil dann auch für erledigt.

Dann muss ich ihn vielleicht am nächsten Tag darauf hinweisen, er möge doch in seinen Vertrag schauen, wo der Passus zur höheren Gewalt zu finden ist, und ihm erklären, dass sein Engagement jetzt beendet wäre. »Tut mir leid«, müsste ich sagen, »ich kann ihnen ihre Gage nicht mehr bezahlen, weil wir nicht mehr spielen können. Unser Arbeitsplatz ist gestern fortgeflogen.«

Was ich damit sagen will? Die Leute sind sich darüber nicht im klaren, dass, wenn das Zelt fortgeflattert ist und sie sich zu der Zeit, wo sich die anderen Mitarbeiter um die Rettung bemühten, statt dessen in ihrem Wohnwagen verkrochen haben, auch ihr Arbeitsplatz gefährdet ist. Das heißt natürlich nicht, dass alle Artisten so sind. Aber diese Sorte Mensch gibt es: Was, das Zelt fliegt fort? Bedauerlich, aber es ist ihr Zelt, Herr Direktor.

Wenn die Zeit gekommen

Manchmal erkennen Artisten nicht, oder sie wollen es nicht wahrhaben, wenn für sie der Zeitpunkt gekommen ist, mit der Manegenarbeit aufzuhören. Vergleichbar mit einem Sportler, der seinen Zenit längst überschritten hat, dies aber nicht wahrhaben will, und trotzig weitermacht. Er hat den günstigen Augenblick verpasst und es fand sich kein wahrer Freund, der ihm dies vielleicht in schonender Form beizubringen vermochte.

In manchen Fällen kommt es dann zu peinlichen Eindrücken. Zumeist wird das nachsichtige Publikum zwar seine Verwunderung nicht inmitten einer Vorstellung kundtun, aber getuschelt wird schon.

Manchmal lässt es sich dann nicht vermeiden und man muss – möglichst feinfühlig – dem Kollegen mit den Tatsachen vertraut machen. Unschöne Szenen sind natürlich nicht auszuschließen, wenn man einer Familientruppe sagen muss, dass sich eines ihrer artistischen Mitglieder lieber nicht mehr in die Manege begeben sollte. »Wieso«, wird sich dann entrüstet, »meine Mutter ist seit 50 Jahren in der Manege und ihr Auftritt war immer toll!«

Solche Auseinandersetzungen sind sehr heikel und es gilt sehr vorsichtig zu hantieren. Es ist durchaus verständlich, wenn sich die Leute gegen ihr berufliches Ende zur Wehr setzen, denn die Manege war jahrzehntelang ihre Welt. Mit einem Male werden sie aus dem Scheinwerferlicht gedrängt. Das tut weh.

Artistische Scheinwelten

Es gibt Kollegen, die in einer Scheinwelt leben.

Sie lügen sich teilweise etwas zusammen, fantasieren darüber, wo sie denn schon überall tätig waren und welche Preise sie auf welchen Festivals gewonnen haben. Oder sie telefonieren – angeblich – dreimal täglich mit Michael Jackson oder Siegfried und Roy.

Das Schlimme daran ist, dass sie dann auch tatsächlich daran glauben.

Ein Direktor, der mit beiden Beinen auf dem Boden steht, muss sich dann schon beherrschen, damit er nicht sarkastisch wird und nach dem ‚Guten Morgen' vielleicht noch nachschiebt: »Na, hast du denn heute schon mit der Frau Bundespräsident telefoniert? Bist du schon engagiert fürs nächste Sommerfest?«

Manchmal ist es schon haarsträubend, was einem für Storys aufgetischt werden.

Russischer Budenzauber

Es gibt Unterschiede in den Nationalitäten. Wenn du beispielsweise mit russischen Artisten arbeitest, vor allem mit denen, die das erste Mal in einem westeuropäischen Circus tätig sind, dann wird man mit Forderungen konfrontiert, die einem schon verwundert die Augen reiben lassen.

Wir hatten eine russische Kollegin, die kam hier eines Tages an mit ihrer Tasche und mit ihrem Requisit. Sie stellte sich vor:

»Also, ich bin die neue Artistin.«

»Wo gedenken sie zu wohnen?«, fragte ich die junge Frau.

»Natürlich im Hotel«, antwortete sie.

»Ach so«, zeigte ich mich sichtlich erleichtert. »Einen Wohnwagen haben sie wohl nicht?«

»Nein«, bekam ich zur Antwort. »Aber im Wagen wohne ich sowieso nicht.«

»Das mag in Russland so sein«, entgegnete ich ihr, »aber in Westeuropa ist das nicht so. Hier ist es üblich, dass sich die Artisten ihren Wohnwagen mitbringen. Wenn sie jetzt keinen haben, dann stellen wir ihnen ausnahmsweise einen zur Verfügung. Und sie schaffen sich, wenn sie genügend Geld verdient haben, dann irgendwann selber einen Wohnwagen an.«

Wir vereinbarten die erste Probe.

Die Artistin kam pünktlich, aber das Requisit fehlte. Ich wartete eine ganze Weile und fragte dann nach: »Können wir denn jetzt mit der Probe beginnen?«

»Ja«, antwortete sie.

»Aber wo ist denn ihr Requisit?«, bohrte ich weiter.

»Das liegt dahinten«, sagte sie und wies mit der Hand auf die Stelle, wo die Gerätschaften demontiert lagerten, direkt neben ihrem Wohnwagen.

»Dann bauen sie es doch endlich zusammen«, forderte ich sie auf.

»Ich?«, fragte sie. »Nein, nein. Da bin ich gewohnt, zwei Helfer zu haben.«

Selbstverständlich machte ich der jungen Frau deutlich, dass auch hierzulande diesbezüglich eine andere Arbeitsteilung üblich ist. Hier gebe es nicht wie in Russland einen oder sogar zwei Handlanger und noch einen, der die beiden koordiniert.

Sie machte sich schließlich mit den westeuropäischen Gepflogenheiten vertraut. Sie lernte sehr schnell, dass der Artist für seine Requisiten selbst zuständig ist und so auch für den Auf- und Abbau. Er putzt zudem seinen Wohnwagen selber und hat sich um den Transport seiner Utensilien zu kümmern. Keiner bekommt hier eine Extrawurst gebraten.

Übrigens funktioniert das System beim Moskauer Staatscircus auch nicht mehr. Der hat inzwischen erhebliche finanzielle Probleme und kann seinen Mitarbeitern kaum mehr die Gagen bezahlen. Es mussten bereits Tiere getötet werden, weil das Futter nicht mehr aufgetrieben und finanziert werden konnte.

Traktor weg, Fahrer weg

Es ist bisweilen nicht einfach, für den Circus geeignetes technisches Personal zu bekommen. Wer nimmt es schon freiwillig auf sich, zehn Monate oder noch länger unterwegs zu sein, getrennt von der Familie?

So ist die Auswahl derer, die man für eine Saison verpflichten kann, nicht sehr groß. Dann kann es schon passieren, dass man einen besonders goldenen Griff tätigt.

Wir mussten einmal mehrere Tage lang unseren Traktor samt Fahrer suchen, die beide spurlos verschwunden waren und einfach nicht wieder auftauchen wollten. Ich teilte unsere Leute in Gruppen auf und wir schwärmten in alle möglichen Himmelsrichtungen aus.

Nach drei Tagen bekamen wir einen Anruf: »Guten Tag, bin polnischer Verkäufer für Blumen an Straße. Hier steht Traktor, da steht Circus Charivari drauf und Nummer von Telefon. Und in Traktor sitzt Mann, total besoffen.«

Ich bat den Mann aufzupassen, dass unser Fahrer sich nicht etwa davonmacht und ließ mir den Weg beschreiben.

Als wir dort ankamen, war unser Traktor nebst Fahrer nicht mehr da. Einen Tag später konnten wir ihn dann allerdings ausfindig machen.

Ein ähnlicher Fall passierte dann noch einmal, als ein Transport, der ausgerechnet meinen Wohnwagen befördern sollte, nicht an seinem Bestimmungsort ankam. Ein sehr eigenartiger Vorgang, denn der Mann war die Strecke zuvor schon dreimal gefahren. Wir schalteten sogar die Polizei ein, die dann nach dem Chauffeur fahndete.

Gestoppt haben sie den ungewöhnlichen Transport schließlich an der Grenze zu Tschechien. Gegenüber den Ordnungshütern gab der Mann zu Protokoll, dass er überhaupt keine Ahnung gehabt hatte, wo er eigentlich sei.

III.

Die Tiere im Circus

Was ich immer ungeheuer faszinierend fand, das waren die Tiere im Circus. Ich verliebte mich quasi in die Vorstellung, mit Tieren leben und arbeiten zu dürfen.

Allerdings hatten mich bei meinen zahlreichen Besuchen in den kleinen oder großen Circussen schon immer leise Zweifel gequält, ob es den Tieren da immer so gut gegangen sein mochte. Schon als Kind, wo noch überhaupt keiner daran dachte, plagten mich Bedenken. Ich habe die Tiernummern geliebt, war aber immer innerlich etwas zerrissen. Einerseits fand ich die Tiere und deren Auftritte toll, andererseits taten mir die Tiere aber immer ein wenig leid in der Hinsicht, dass ich mir sagte: »Da ist ein Tiger, der hat nur einen Meter Platz in diesem Käfigwagen. Das kann doch einem solchen großen Tier nicht ausreichen. Und warum stehen da die Elefanten, solche mächtigen Tiere, die mir immer einen Höllenrespekt eingeflößt haben, den ganzen Tag angekettet und können sich nicht bewegen? Warum können die nicht miteinander spielen? Warum dürfen die nicht ein bisschen rumlaufen?«

Das sind so Dinge, die man sich als Kind denkt, ohne die Hintergründe zu kennen. Ich hatte diese

Gedanken auch nicht sonderlich vertieft. Aber irgendwie fand ich das immer etwas komisch.

Später fragte ich den einen oder anderen Dompteur, ob denn die Raubtiere nicht zu wenig Platz haben. Dann kam die Antwort, dass das alles schon in Ordnung sei und sie nicht zu wenig Raum besitzen. Die haben ihre Bewegung in der Manege, hieß es.

Das waren Überlegungen, die ich fachlich nicht begründen konnte, die eher instinktiv waren. Mich störte es immer, wenn ich verbeulte Futternäpfe sah, irgendwelche alten Kochtöpfe, was dem Tier natürlich ganz egal ist, aber mich hatte das eben berührt.

Dennoch haben mir diese Gedanken die Freude und Liebe am Circus nicht nehmen können. Aber nachdenklich gemacht hatten mich diese Dinge schon.

Mit ein wenig Abstand und einem Maß an Erfahrung sehe ich diese Fragen heute eher nüchtern. Meine Haltung habe ich jedoch selbst in den Jahren, in denen ich beim Circus tätig bin und mit Tieren gearbeitet habe, nicht grundsätzlich verändert.

Tierschutz aus heutiger Sicht

Ich habe mir immer schon gedacht: Wenn du dies mal selber machst und in der Manege stehen darfst, und das war ja mein Traum, dann musst du das anders machen. Das kann man so nicht machen. Das sieht nicht gut aus. Wobei ich nie der Meinung war, dass Haltung oder Dressur dieser Geschöpfe etwas mit Tierquälerei zu tun haben. Das auf keinen Fall. Auch heute nicht. Aber die Haltung eben, die hat mir meistens nicht gefallen.

Ich möchte auch ganz deutlich sagen, dass sich in den letzten hundert Jahren im Circus nicht viel verändert hat. Verändert hat sich eigentlich erst etwas in den vergangenen zehn Jahren. Daran haben die Tierschützer und Tierrechtler, das darf neidlos anerkannt werden, einen gewissen Anteil.

Ein Grund dafür, dass über viele Jahrzehnte nicht viel in Sachen Tierschutz passierte, ist wohl, dass der Circusmensch eine Eigenart besitzt, die ich immer wieder angetroffen habe: er verändert nur sehr ungern etwas. Oft hört man das Argument, dass schon der Großvater und Urgroßvater dies oder jenes so taten, als Begründung für offenbar überlebte Verhaltensweisen. Das trifft übrigens leider auch auf die Programmgestaltung mancher Circusse zu.

Der Circusmensch an sich ist relativ unflexibel. Da muss schon ganz schön was passieren, bevor er eingreift und freiwillig verändert. Ich bin überzeugt, wenn es nicht den Circus Roncalli gegeben hätte und einen Bernhard Paul, der die Branche revolutionierte, die meisten Circusse hätten auch heute noch an ihren Masten die althergebrachten Baustrahler hängen. Sie mussten dann aber nachziehen, weil die Leute verglichen haben. Also gibt es jetzt in fast jedem Circus eine gute Lichtanlage. Der Circusmensch wagt immer erst dann erst etwas neues, wenn er dazu gezwungen wird.

So ist das auch bei der Tierhaltung. Nun hat sich — wie gesagt — in den vergangenen zehn Jahren diesbezüglich sehr viel verändert, vor allem bei den großen Unternehmen. Aber es hat sich, meiner Meinung nach, noch nicht genügend getan. Man kann vieles anders, und vor allem noch besser machen.

Ich habe eigentlich immer versucht, den Tieren möglichst viel Lebensraum und viel Beschäftigungsmöglichkeiten zu geben.

Ich sah während einer Süddeutschlandtournee den österreichischen Nationalcircus Louis Knie. Dieses Unternehmen bestätigte meine Ansichten und lebte die Tierhaltung, für die ich mich begeistern konnte, praktisch vor. Knie hatte für alle Tiere riesengroße Freigehege aufgebaut. Auf manchen Plätzen standen die Artisten zwei Kilometer weit weg auf einem Campingplatz und mussten mit dem Auto anreisen oder mit dem Transferbus. Aber die Außengehege für die Tiere waren eben aufgebaut.

Damals dachte ich mir: Mensch, das ist Circustierhaltung. Schau mal an, so kann man das machen. Mit ganz einfachen Mitteln. Da ein Weidedrahtzaun, da ein paar Zäunchen, da ein bisschen was. Und es kostet wenig Geld.

Ich war fasziniert von diesem Circus und von Louis Knie, mit dem ich das Gespräch suchte. Ein ganz offener Mensch und ein wunderbarer Circusmacher. Es war wirklich ein Vorzeigeunternehmen und bleibt es hoffentlich. Was Knie in punkto Tierhaltung vormachte, war einfach revolutionär.

Ich bin nach Hause gefahren und habe zu meiner Petra gesagt: »So machen wir das jetzt auch!«

Wir setzten uns in das Auto und sind zum Einkaufen gefahren, holten Weidezaungeräte und allerlei Baumaterialien. Dann haben wir unseren Tieren die Gehege gebaut, die sie heute noch haben.

Was soll ich ihnen sagen? Diese Gehege haben sich fantastisch bewährt. Unsere Tiere sind und zeigen sich jederzeit ruhig und freundlich. Sie können in ihrer gesamten Freizeit selbstständig zwischen geräumiger Innenstallung und Freigehege wählen, falls dies das Wetter nur irgend erlaubt. Wir haben viel weniger Gesundheitsprobleme mit unseren Tieren. Frischluft und Sonne, das zeigte sich sehr bald, sind die besten Tierärzte, die es geben kann.

Hammernarkose passe

Die Huf- und Fußprobleme sind deutlich zurückgegangen. Wissen sie wie schwierig es beispielsweise bei einem Zebra ist, die Fußpflege durchzuführen? Es muss eigens betäubt werden mit einer ganz schweren Narkose. Ein spezieller Tierarzt kommt, denn dieses Mittel ist für den Menschen hoch giftig und darf nur von speziell zugelassenen Tierärzten angewendet werden. Nur eine Spur des Giftes reicht aus, um einen Zweibeiner zu töten.

Wir haben aber nun schon jahrelang keine Probleme mehr mit diesem Zebra. Unser Erfolg: das Tier brauchte nun schon vier Jahre lang keine Narkose mehr zu bekommen.

Auch die Besucher sind dankbar

Besonders schön ist die Resonanz der Besucher, die sich darüber freuen, dass sich die Tiere bei uns so frei bewegen können, dass sie bei Bedarf baden gehen und über die Weide tollen können. Gerade wie es ihnen Spaß macht. Es fällt auf, dass gerade die Leute, die sich die Tiere anschauen, dann auch die Vorstellungen besuchen.

Dies trifft übrigens auch auf unsere »Tage der offenen Tür« zu, wo die einzigartige Möglichkeit besteht, an den öffentlichen Dressurproben teilzunehmen. Bei uns kann man bei jeder Probe dabei sein, denn wir halten nichts von Geheimniskrämerei. Vor allem an den Wochenenden, meist am Samstagvormittag, kommentieren wir aber unsere Dressuren öffentlich und erklären den Leuten über Mikrofon, was der Tierlehrer gerade macht und wie alles funktioniert.

Der Ast, auf dem wir sitzen

Es hat sich wirklich eine Menge in den vergangenen paar Jahren verändert. Und das ist gut so. Denn wenn wir in der Zukunft noch Tiere im Circus halten wollen, dann sind wir zu Veränderungen gezwungen.

Wofür ich kein Verständnis habe: es gibt in unserer Branche immer noch Unverbesserliche, die ihre Tiere schlecht halten. Diese Leute müssen verstehen, dass sie sich den Ast absägen, auf dem sie selbst sitzen.

Wir sind deshalb auch dazu übergegangen, keine fremden Tiernummern mehr für eine Saison zu engagieren, weil wir zu wenig Einfluss auf die Haltung dieser Tiere nehmen können. Natürlich hatten wir in der Vergangenheit auch fremde Tierlehrer in unserem Circus beschäftigt, nur achteten wir in diesen Fällen besonders darauf, dass jene Tierlehrer sind, die für ihre Tiere leben. Wenn sie die Außengehege aufbauen, ihre Tiere versorgen und danach erst an sich selber denken, dann passen sie zu unserer Philosophie. Dieter Dittmann ist zum Beispiel so ein vorbildlicher Kollege.

In unseren Anfangsjahren sammelten wir viele andere Erfahrungen. Da gab es Leute, die mussten wir mit Gagenabzügen dazu bewegen, dass sie endlich die vertraglich vereinbarten Freigehege aufbauten, oder sie sparten am Tierfutter.

Von tierischen Bedürfnissen

Ich sage immer: der Mensch hat sich seinen Beruf ausgesucht. Er will im Circus leben und identifiziert sich mit diesen selbst gewählten Umständen. Er weiß sehr wohl, dass das Leben im Circus ein Dasein mit eingeschränkten Platzverhältnissen und Komfort bedeutet. Aber er hat sich dieses Leben selbst erwählt und sich bewusst dafür entschieden.

Das Tier kann eine solche Entscheidung nicht treffen. Es wird vom Menschen in den Circus verbracht, was auch grundsätzlich in Ordnung ist. Aber dann muss alles Menschenmögliche getan werden, damit sich das Tier wohlfühlt und dessen Bedürfnisse erfüllt werden.

Ein großer Fehler, den meines Erachtens einige Tierschützer machen, ist, die Lebensumstände der Tiere nach menschlichen Bedürfnissen zu messen. Solche gibt es nicht. Ein Tier hat keine menschlichen Forderungen. Es hat ausschließlich tierische Bedürfnisse. Von Tierart zu Tierart sind diese sehr unterschiedlich. Natürlich sind Grundbedürfnisse da, wie etwa die Bewegungsfreiheit. Ich bin der festen Überzeugung, dass sich ein Tier nur dann wohlfühlt, wenn es behandelt wird wie ein solches Geschöpf. Das müssen auch die Tierschützer lernen.

Ich bin mir allerdings auch sicher, dass vieles in dieser Auseinandersetzung künstlich geschürt wird. Auch die Tierschützer möchten eine breite Öffentlichkeit herstellen. Sie wollen Menschen, die sich mit diesem Thema bislang kaum oder überhaupt nicht befassten, möglichst dazu bewegen, sich für den Tierschutz zu engagieren. Sei es nur in der Form, dass die Leute nicht mehr in den Circus gehen. Das geht einfacher, wenn ich polemisiere und den Tieren menschliche Bedürfnisse andichte.

Deshalb versuchen auch wir so viel Öffentlichkeit zu bekommen wie eben nur möglich. Wir möchten den Circus transparent machen.

Charivaris Dickhäuter

Was hatten wir am Anfang für Kämpfe auszustehen, als wir die Elefanten übernommen hatten, die ja fast aus permanenter Kettenhaltung stammen. Man hatte sich damals einfach nicht die Gedanken gemacht wie die Dickhäuter eben artgerecht untergebracht und umsorgt werden konnten.

Damit ich nicht falsch verstanden werde: Beim DDR-Staatscircus, wo ja Pitoly und Saida früher tätig waren, sind die Tiere sehr gut versorgt worden. Das ist überhaupt keine Frage. Aber es standen eben die Pferde im Ständer und die Elefanten waren angebunden. Es war die traditionelle Circustierhaltung, welcher sich der Staatscircus verpflichtet fühlte. Außerdem muss man sehen, dass, wenn es dem Menschen nicht sonderlich gut geht, es auch den Tieren nicht besser geht. Wenn der Mensch eingesperrt ist, warum soll es dann das Tier nicht dreimal sein?

Die Mitarbeiter waren wenig motiviert, über neue Möglichkeiten der Tierhaltung nachzudenken, oder sich für Veränderungen einzusetzen. Man hatte sich mit einem Zustand identifiziert. Deswegen darf man das nicht verurteilen. Nicht vergessen sollte man zudem, dass solche Zustände bei einigen westdeutschen Circussen heute noch immer praktiziert werden.

Wir hatten im ersten Jahr, nachdem wir die beiden indischen Elefantendamen übernommen hatten, einige Auseinandersetzungen mit dem Pfleger, der gemeinsam mit den Elefanten zu uns gekommen war. Dieser hatte regelrecht Angst davor gehabt, die Tiere auch einmal auf die Koppel zu lassen, damit sie sich dort austoben konnten. Wir haben das dann durchgesetzt. Schließlich war er begeistert und sagte: »Das ist ja toll und das funktioniert ja tatsächlich. Schau mal da, wie die Tiere herumtollen. Die machen ja nichts mehr kaputt!«

Man muss wissen, dass die beiden Damen zuvor für manche Überraschung gesorgt hatten. Etwa vierzehntägig mussten wir deren Stallzelt reparieren, weil sie Langeweile gehabt hatten und sich am Zelt zu schaffen machten. Die riesigen Landsäugetiere wussten mit sich einfach nichts anzufangen.

Wenn ich heute das Glück habe mit Elefanten arbeiten zu dürfen, dann sollte ich doch alles tun, um den Gesundheitszustand dieser Tiere zu erhalten. Dann darf ich sie nicht mit verfaulten Kartoffeln füttern und nicht mit schimmeligem Heu, sondern ich muss Geld investieren, damit ich die Stallungen heizen kann und es muss ein Podium gebaut werden auf jedem Platz. Es kann nicht angehen, dass ich diese mächtigen Tiere nachts in einem Möbelwagen einsperre, wie es bisweilen noch immer gängige Praxis ist.

In diesen Fällen müsste viel radikaler eingegriffen werden. Das geht uns alle an. Es heißt ja dann nicht, das ist der Circus so wie so, sondern es fällt auf die gesamte Branche zurück.

Die Pflicht der Behörden

Die Angelegenheit ist auch ein Problem der Behörden. Wo finden denn in aller Regel die ausgiebigen Veterinärkontrollen statt? Bei den Großcircussen, wo die Tierhaltung sowieso meistens in Ordnung ist.

Ich will nicht ungerecht sein. Natürlich muss man auch deutlich sagen, dass es viele kleine Circusunternehmen gibt, bei denen die Tierhaltung wirklich beispielhaft ist. Andererseits gibt es auch große Circusse, wo die Tierhaltung eben nicht den Mindeststandards entspricht.

Die Kontrollen finden jedoch meistens dort statt, wo es bezüglich der Tierhaltung kaum etwas auszusetzen gibt. Das sind die Unternehmen, die sich vor jedem Gastspiel ordnungsgemäß bei der Veterinärbehörde anmelden. Anmelden wird sich aber nur derjenige, der ein gutes Gewissen hat. Die Anderen, die sich nicht anmelden, bleiben unbehelligt. Hier stimmt meines Erachtens nach einiges nicht.

Das hängt vielfach mit der mangelhaften Kommunikation unter den Behörden zusammen. Es wäre so einfach, wenn die eine der anderen Behörde einen

Hinweis auf das bevorstehende Gastspiel geben würde. Dann könnte man ganz schnell auch die schwarzen Schafe ausfindig machen.

Doch auch eine andere Erfahrung regt zum Nachdenken an: Obwohl wir uns in jeder Stadt ordnungsgemäß anmelden, kommt nicht überall eine Kontrolle. In 60 Prozent unserer Gastspielorte ließ sich kein amtlicher Kontrolleur sehen. Die Gründe können durchaus unterschiedlich sein. Die einen sagen sich vielleicht, Charivari kennen wir, da ist sowieso alles in Ordnung. Vielleicht ist es auch nur Bequemlichkeit?

Natürlich gibt es auch die zweite Seite der Medaille. Da gibt es zum Beispiel im Freistaat Bayern Kontrolleure, die sich nur unter Polizeischutz auf die Plätze begeben können, weil ihnen dort schon Schläge angedroht wurden. Was meiner Meinung nach dringend notwendig ist, wäre eine Vernetzung der Veterinärämter untereinander. Da muss einfach etwas getan werden.

Ganz so schlecht finde ich das, was in der DDR praktiziert wurde, nicht, wo die Privatcircusse eine Zulassung haben mussten. Diese Unternehmen bekamen nur eine Lizenz, wenn sie neben ihrer künstlerischen Qualität auch die Fachkunde nachweisen konnten. Schließlich kann ja auch nicht jeder da herkommen und eine Elektrofirma aufmachen. Er muss zumindest einen Meisterbrief vorweisen. Aber einen Circus kann jeder gründen: Er geht auf das Gewerbeamt und lässt sich einen entsprechenden Schein ausstellen. Und los geht's.

Auch wir haben ja erst mit unserem neuen Circus 1993 begonnen. Wir erlebten damals selbst viele Anfeindungen. Man fragte mich beispielsweise, wie ich überhaupt mit Tieren arbeiten und Tierlehrer sein könne, ob ich denn vorher Tierpfleger war und Mist geschaufelt hätte. Nein, hatte ich nicht. Und, bohrte man weiter, besitzt du denn Fachkenntnis?

Solche Argumente hörst du von alten Circusleuten immer wieder. Irgendwo haben sie ihre Berechtigung. Wir hatten schon das Problem, dass uns keiner gesagt hat, wie denn etwas zu machen ist. Der Tierpfleger der Elefanten sagte uns lapidar, dass er ja da wäre und mehr müssten wir nicht wissen. Als ich ihm sagte, dass ich die Elefanten selber vorführen will, hat er nur gemeint: »Was möchtest du, die Elefanten selber vorführen? Ja, dann mach mal.«

Alles, was unsere Tiere heute können, das haben wir Ihnen selbst beigebracht. Wir machten uns kundig, haben studiert, uns über Dressurmethoden anderer Circusse informiert, Videokassetten angeschaut und Bücher gelesen. Wir haben abgeschaut und – vor allem – nachgedacht. Allein durch logisches Denken konnten wir uns und unseren Tieren sehr viel beibringen.

Nachdem unsere Dressuren heute internationales Niveau besitzen, können wir so viel nicht falsch gemacht haben, denke ich.

Da gibt es die Europaen Elephant Group, die sich vor allem auf die Haltung der Elefanten spezialisiert hat, weil das ja tatsächlich ein neuralgischer Punkt ist.

In dieser Organisation sind fast ausschließlich Experten versammelt. Ehemalige Pfleger, Zoologen und artverwandte Berufsgruppen, also alles Leute, die wirklich Ahnung haben. Die bringen jährlich ein Jahrbuch zur Elefantenhaltung heraus. Es werden die Missstände aufgezeigt. In diesem Jahrbuch werden wir neben wenigen anderen Circusunternehmen als positives Beispiel der Elefantenhaltung herausgestellt. Ich denke, dass wir uns auch diesbezüglich auf dem richtigen Weg befinden.

Moderne Tierdressuren

Wir möchten den Leuten auch immer wieder sagen, was es bedeutet, wenn wir in der Manege mit der Peitsche knallen. Das hat nichts mit Schlagen zu tun. Es tut dem Tier nicht weh und es ist auch keine Bestrafung. Es sind sogenannte Hilfen.

Natürlich gibt es auch Leute, die nicht wissen was sie tun, die auf den Tieren herumschlagen, um sie zu dressieren. Diese Zeiten sollten aber nun wirklich vorbei sein.

Der Charivari-Biergarten: Man gönnt sich ja sonst nichts.

In geselliger Runde: Assad, Jochen und Dino.

Fotos (2): Roland Obst

Zweimal täglich lasse ich mich von meinen Elefanten platt machen – und werde trotzdem nicht schlanker.

Petra hat die Bauernhoftiere von mir »geerbt«. Hier zu sehen im Programm 2003.   Fotos (2): Roland Obst

Russischer Humor: Das Duo Mimicol.

Das Auge isst mit: Unser Charivari-Ballett im Programm 2003.   Fotos (2): Roland Obst

Petra reitet die Hohe Schule auf dem Mecklenburger Wallach
Achat.   Foto: Roland Obst

Unser Comedy-Jongleur Mihail Smyslov im Programm 2003.
Foto: Roland Obst

*Zu einem weiteren Höhepunkt im Programm 2003 zählt zwei-
felsohne der Bulgare Encho Keriazov.   Foto: Roland Obst*

Mit Säbel- und Degenbalancen begeistert Katja vom Moskauer Staatscircus im Programm 2003.

Petra und ihre geliebten Pferde.

Fotos (2): Roland Obst

Das Charivari-Finale 2003.   Foto: Roland Obst

Häusliche Idylle: Entspannung nach dem Saisonende.
                                        Foto: Marko Hofmann

Für mich gibt es einen Grundsatz: bei mir sollen die Tiere alles erhalten, was sie benötigen, damit sie ihre tierischen Bedürfnisse befriedigen können. Jede Versorgung und jede Freiheit. Aber: ich lass mich nicht anspucken, nicht treten, nicht schlagen und nicht beißen. Wenn mich ein Tier schlägt, beißt oder bespuckt, dann schlage, beiße oder spucke ich zurück. So einfach ist das.

Wir haben einmal für einen anderen Circus Tiere ausgebildet. Der hatte viele, unausgebildete Tiere in seinen Ställen stehen. Der Eigentümer besaß einen Transportwagen, an dem ich interessiert war, den ich gern haben wollte.

»Ich verkaufe dir den Wagen nicht«, sagte er, »aber du kannst ihn haben. Dafür machst du mir eine Tiernummer fertig.«

Am Ende arbeiteten wir zwei Tiernummern aus, eine Pferdedressur und eine mit Exoten. Bei den Exoten war ein Lama mit von der Partie, welches sich als sehr schwierig erwies. Nun weiß man nicht, was ein solches Tier zuvor erlebt hatte. Jedenfalls ließ es sich auf den Boden fallen, wenn es laufen sollte, machte einfach keinen Schritt mehr - und ich dachte: das Tier macht das nur, um dich zu ärgern. Das Lama trat und wehrte sich mit allen Mitteln, die es zur Verfügung hatte. Das Schlimmste jedoch war, dass es mich ständig bei der Probe bespuckte.

Irgendwann ist mir der Kragen geplatzt. Ich dachte mir: jetzt ist Schluss. Wir nahmen einen Joghurtbecher, schnitten Löcher in den Boden, damit das Lama genug Luft bekam. Den Becher befestigten wir mit einem

Hosengummi wie ein Maulkorb. Es kam, wie es kommen musste: Das Lama sah mich und spuckte. Allerdings ging die Sache diesmal anders aus, als es sich das Lama vielleicht vorstellte. Die Spucke prallte nämlich vom Becherboden zurück. Von da an hatte ich Ruhe. Dieses Lama spuckte nie wieder nach mir.

Wir hatten dann die weiteren Darbietungen fertig gemacht, doch der Circusbesitzer glänzte während der Proben durch Abwesenheit. Am Ende erschien er dann und wollte eingewiesen werden. Er eröffnete mir, dass seine Tochter, ein sechsjähriges Mädchen, die Pferdenummer, eine Freiheitsdressur, vorführen sollte. Von dieser Idee war ich alles andere als begeistert, denn es handelte sich um Großpferde, die von einem kleinen Mädchen präsentiert werden sollten. »Das würde ich an deiner Stelle nicht machen«, warnte ich und schlug ihm vor, diese Nummer doch selbst vorzuführen, wenigstens bis seine Tochter die entsprechende Körpergröße besaß und eben jene Reife hatte, die dafür notwendig war.

Alles Reden half nichts. Er setzte seinen Kopf durch. Zwei Wochen später rief er mich an und fragte mich, was ich denn da für einen Mist zusammendressiert hätte. Sein Kind läge jetzt im Krankenhaus, weil es von den Pferden »über den Haufen gerannt« worden wäre.

Keine der beiden Nummern hatte am Ende länger als 14 Tage bestanden. Sie waren nicht ordentlich übergeben worden und die Besitzer wussten daher auch nicht, auf was es ankam.

Dieses Erlebnis war mir eine Lehre. Solche Experimente mache ich niemals wieder.

In unserem ersten Jahr arbeiteten wir im Bavaria-Filmpark. Dort gab es eine Filmtierschule, in der Tiere für Filmproduktionen ausgebildet wurden. Unter anderem besaßen die auch einen Löwen und verschiedene andere Raubtiere. Ich war vernarrt in diese Tiere und nach und nach schafften wir uns vier Löwendamen an.

Meine Lieblingslöwin war Laila. Mit ihr habe ich in der Illusionsdarbietung gearbeitet. Petra wurde in die Kiste gesperrt – und Laila kam heraus. Der Abschluss dieser Illusionsdarbietung war immer, das Laila an mir hoch stieg, dann legte sie mir ihre Vorderpranken auf die Schultern, anschließend leckte sie mir einmal quer mit ihrer Zunge übers Gesicht.

An einem Sonntagvormittag hielt ich mich mit den Löwinnen in deren Freigehege auf. Laila rannte auf mich zu und legte mir ihre Pranken auf die Schultern. Ich dachte mir, dass nun die ansonsten übliche Nummer folgte und machte mich auf Lailas Zunge gefasst. Doch statt Lailas rauher Zunge verspürte ich plötzlich einen Biss quer in meinem Hals. Glück im Unglück: Ihre tiefen Reißzähne bohrte sie direkt an der Halsschlagader und an der Wirbelsäule vorbei ins weiche Fleisch. Sie hatte mir die Luftröhre zugedrückt und ich ging ohnmächtig zu Boden.

Ich weiß noch sehr genau, welche Gedanken mir damals durch den Kopf schossen: So, Fleischmann, dachte ich mir, das war's gewesen. Eigenartigerweise verspürte ich kaum Schmerzen. Ich spürte zwar das Eindringen der Zähne, doch das hatte kaum wehgetan. Die Ärzte im Krankenhaus erklärten mir später, dass das mit dem Schock zu erklären war, den ich bei dem Vorfall erlitten hatte.

Gerettet hatten mich schließlich ein Tierpfleger und Klaus Kaulis, die in den Käfig stürzten und die Löwinnen vertrieben. Anschließend versorgten sie meine stark blutenden Wunden im Hals notdürftig. Der Rettungsarzt kam sehr schnell und brachte mich ins Krankenhaus.

Dort stellte sich heraus, dass es sich durchaus um erhebliche Verletzungen handelte. Die Halswand war und ist an vier Stellen komplett durchlöchert. Zwar ist inzwischen Haut über diese Stellen gewachsen, doch der Heilungsprozess dauerte damals sehr lange an. Durch den Biss waren die Wunden derart verunreinigt, dass wochenlang Eiter durch die geöffneten Wunden nach außen quoll. Zudem wurden meine Stimmbänder arg in Mitleidenschaft gezogen. Zuvor verfügte ich über eine annehmbare Gesangsstimme. Mit dem Singen war es danach vorbei.

Dann geschah noch etwas, was mich sehr zum Nachdenken brachte. Das Gastspiel in Uelzen war bis zu diesem Zeitpunkt sehr schleppend verlaufen. Nach diesem Unfall boomte es regelrecht, ganz Uelzen schien plötzlich auf den Beinen gewesen zu sein. Alle Menschen strömten in die Vorstellungen, um die »Mörderlöwen« hautnah zu erleben. Natürlich konnten die Löwen für den ganzen Rummel am allerwenigsten. Der Fehler lag einzig bei mir: Ich war zu sorglos und leichtsinnig verfahren. Die Schuld für diesen Vorfall musste ich nur bei mir selber suchen!

Selbstverständlich berichtete die Presse von diesem Unglück und selbst die Nachrichtenagentur dpa bekam Wind von der Sache. Sie verbreitete eine Eilmeldung und der Vorgang fand sich binnen weniger Stunden in allen bundesdeutschen Medien wieder.

Vor allem die Redaktionen der Boulevard-Zeitungen, der einschlägigen Fernsehsender und der Radios zeigten plötzlich ein unstillbares Interesse an der Uelzener Story. Sie belagerten fortan Circus und Krankenhaus auf der Jagd nach den besten Fotos und Filmaufnahmen sowie der spektakulärsten Statements. Im Krankenhaus prügelten sich die Fernsehteams um die besten Plätze direkt vor meinem Bett. Das Fernsehteam der Redaktion »Explosiv« trieb die Sache auf die Spitze. Sie verteilten Zettel an das Krankenhauspersonal, auf denen geschrieben stand, was die Leute dann gegenüber dem Kamerateam zu sagen hatten. Als mir die Sache zu bunt wurde, ließ ich die Meute dann durch das Personal rausschmeißen.

Was für Blüten der Boulevard-Journalismus bisweilen treibt, kann noch ein anderes Beispiel belegen. Ein Fernsehteam hatte sich auf die Socken in Richtung Munster gemacht, wo der Circus inzwischen sein Zelt aufgeschlagen hatte. Dort bearbeiteten sie den Tierpfleger der Löwengruppe, um ihn dazu zu bewegen, selbst in den Käfig zu steigen. Der Pfleger blieb eisern und lehnte ab. Auch dem Ansinnen der Journalisten, die Löwen von außen so lange mit einem Besenstiel zu necken, bis sie wenigstens einige gefährliche Brüller von sich gaben, widerstand er. Das Team zog unverrichteter Dinge wieder ab.

Einem Angebot widerstand ich allerdings nicht. RTL-Moderator Hans Meiser, bei dem ich einige Zeit zuvor schon einmal Gast in seiner Show war, lud mich erneut ein. Ich war anfangs skeptisch, denn ich lag noch im Krankenhaus und konnte meinen Kopf kaum gerade halten. Meiser versprach, sich um alles zu kümmern. »Du wirst von einem Krankentransport abgeholt und nach Hamburg zum Flughafen gefahren. Auf dem Flug nach Köln fliegt ein Arzt mit. Dort wirst du liegend abgeholt und ins Studio gekarrt. Im Studio wartet wieder ein Arzt.«

Meiser hielt seine Versprechen. Als ich in Hamburg in den Flieger verfrachtet wurde, wedelten die Stewardessen bereits zur Begrüßung mit der Boulevardpresse. Dort war in übergroßen Lettern zu lesen: »Dompteur vom Löwen in den Hals gebissen. Ein Wunder: er lebt!«

In der Nacht ging die ganze Fuhre wieder zurück nach Uelzen ins Krankenhaus, wo mich ein erzürnter Oberarzt empfing: »Wenn sie durch die Gegend fliegen können, dann können sie auch nach Hause gehen.«

Das habe ich dann auch getan. Ich verließ am nächsten Morgen mit meinen offenen Wunden das Krankenhaus.

Zwei Tage später führte ich bereits meine Pferdegruppe wieder selber vor. Zuvor hatte ich einen Mitarbeiter angewiesen, für jenen Augenblick bereit zu stehen, falls mich eine Ohnmacht oder eine Schwäche treffen sollte.

Zu den Raubtieren bin ich nie wieder in den Käfig gegangen. Petra hatte zu mir gesagt: »Solltest du erneut in den Raubtierkäfig steigen oder die Tiere wieder selber vorzuführen wollen, dann packe ich meine Sachen.«

Das war deutlich.

Im Verlaufe von zehn Jahren haben wir wunderschöne Dressuren erarbeitet, die sich natürlich teilweise schon wieder überlebten. Einige Tiere sind bereits die nächste Generation. Außerdem hatten wir damals nicht nur mit jungen Tieren zu arbeiten begonnen.

Allerdings ist es in jedem Fall besser, wenn ein Tier, das im Circus ausgebildet werden soll, bereits im jungen Alter an die anderen Geschöpfe und an die Arbeit in diesem Unternehmen gewöhnt wird. Zu jung sollten sie jedoch auch nicht sein.

Ich bin der Meinung, dass ein junges Fohlen bis zu zwei Jahren auf der Weide herumtollen sollte, dann entwickelt sich der Körperbau ganz anders. Wenn sie über eine riesige Koppel tollen können und im Herdenverband leben, dann gehen die Lungen anders auf und der Knochenbau entwickelt sich besser.

Ich bin auch nicht dafür, dass ein Circus eine Zuchtstätte sein sollte. Dafür sind letztendlich die Zoos da. In einem Circus steht die Show im Vordergrund.

Natürlich ist es so, dass man im Circus mit der Ausbildung der Tiere schon recht früh beginnen kann. Es ist überhaupt kein Problem, mit einem Freiheitspferd schon mit zwei Jahren anzufangen. Da ist die Konzentrationsfähigkeit soweit vorhanden und ich kann in kurzen Probensegmenten arbeiten.

Jedes Tier ist unterschiedlich, und darauf muss ich mich einstellen. Da gibt es ängstliche, forsche, freche und dumme Tiere. Die Intelligenten sind übrigens diejenigen, die dann die meisten Probleme bereiten bei der Circusarbeit. Dann gibt es sehr dominante Lebewesen, die dir ständig die Rolle des Alphatiers streitig machen möchten.

Was jedenfalls nicht geht: ich kann nicht sagen, jetzt kaufe mir dieses Pferd und mache aus ihm dies oder das. So funktioniert es in aller Regel nicht. In den goldenen Circuszeiten konnte man vielleicht noch, wenn einer einen 12er Zug haben wollte, 20 Pferde kaufen und dann wurde im Verlaufe der Arbeit selektiert. Irgendwann sind dann 12 Pferde übriggeblieben.

Das geht heute nicht mehr. Dazu haben wir nicht die Haltungsmöglichkeiten und nicht das notwendige Geld.

Wir gehen heute den anderen Weg und schauen uns unsere Tiere genau an, beobachten sie. Wir verbringen oftmals sehr viel Zeit in der Nähe unserer Koppeln und studieren die Verhaltensweisen. Dort beurteilen wir das Tier, wie es sich gibt, wie es sich im Herdenverband verhält, ob es dominant ist, ob frech, ob es sich unterordnet oder verfressen ist, ob es gern steigt oder z.B. Gegenstände mit dem Maul aufnimmt. Diese Gesichtspunkte sind für die weitere Arbeit sehr wichtig.

Dann muss ich erkennen, was mir dieses Tier anbietet und welche der Verhaltensweisen ich für die folgende Ausbildung nutzen kann. Dabei kommen dann manchmal ganz andere Sachen heraus, als ich sie mir ursprünglich gedacht habe.

Wir bekamen zum Beispiel ein kleines Ferkelchen, das sich von alleine hinsetzte. Dann hatten wir ein Schweinchen, dass immer wieder auf seine Hinterbeine stieg. Das nutzten wir aus für die spätere Arbeit.

Natürlich muss ein gewisses Konzept da sei, nach welchem man arbeitet. Aber man kann eben die Verhaltensweisen nicht in ein solches Konzept pressen.

Freiräume müssen sein

Die Tiere erhalten auch gewisse Freiräume in der fertigen Dressur. Nehmen wir beispielsweise unsere Elefanten. Auch die müssen in der Manege bei der Arbeit noch ihren Spaß haben und nicht abstumpfen. Ihren Spaß haben diese Tiere natürlich besonders dann, wenn sie das Gefühl haben, sie können ihr Alphatier erfolgreich narren. Deshalb lasse ich so kleine Frechheiten auch mal durchgehen. Wenn die Saida beim Hochsitz ein klein wenig später hoch geht und denkt, dass ich dies nicht bemerkt habe, oder wenn die Pitoly beim Kompliment ihren Fuß eben nicht soweit zurücknimmt, wie es eigentlich sein müsste, oder ihren Rüssel hinter meinem Rücken eben mal schnell fallen lässt, dann sind dies solche Situationen, so kleine Frechheiten, die ich durchaus bewusst durchgehen lasse. Situationen, über die sich ein Elefant diebisch freut.

Dies darf natürlich dann nicht soweit gehen, dass damit die ganze Arbeit in der Manege in Frage gestellt wird. Es kommt der Punkt, wo ich eingreife und ich ihnen auf meine Weise sagen muss, nun denkt euch etwas anderes aus, es reicht.

Das ist meiner Meinung nach auch ein Grund dafür, dass es in früheren Jahren so viele Unfälle mit Elefanten gab, weil diese sozial hochausgeprägten Tiere keine Möglichkeiten hatten, ihre Verhaltensweisen auszuleben, auch einmal miteinander zu streiten und eben ihren Frust auf Elefantenart auszutragen. Außerhalb der Manege standen sie in Reih und Glied angebunden, hatten also keine Möglichkeit sich zu raufen. Deshalb gab es, das ist meine Meinung, dann die Unfälle in den Vorstellungen. Die Elefanten verlagerten ihre Streitigkeiten in die Manege. Irgendwann sind sie wie ein Vulkan explodiert.

Das ist auch bei Pferden so. Die haben sich vielleicht kurz vor der Vorstellung auf der Koppel noch gestritten und Rangkämpfe ausgetragen. Jetzt kommen sie in die Manege, sind noch angespannt und wütend aufeinander. Das überträgt sich natürlich auf die Darbietung. Die Gefühlslage der Tiere muss der Tierlehrer erkennen, darauf muss er Rücksicht nehmen, sich darauf einstellen. Es macht überhaupt keinen Sinn, brachial dazwischenzuhauen. Es ist Feinfühligkeit gefragt, ansonsten richtest du in solchen Fällen mehr Schaden an.

Dies funktioniert, wie ich bereits sagte, nur bis zu einem gewissen Punkt. Wenn der überschritten ist, dann gilt es zu handeln, damit du Schaden vom Publikum und von dir selbst fern hältst. Die Tiere müssen letztendlich genau wissen, wie weit sie mit dir als Alphatier gehen können, und wann Schluss ist. Dies gehört aber zum normalen Alltag in einer Herdenhierarchie.

Das sind übrigens Ansichten, die wir durch andere, hervorragende Tierlehrer bestätigt bekamen. Aber gute Tierlehrer sind rar, es ist sozusagen ein aussterbender Beruf. Es ist schon verständlich, denn wer hat schon Lust, sich und seine Arbeit kriminalisieren zu lassen. Das findet in der Öffentlichkeit immer häufiger statt!

Ich habe da eine Sache erlebt, die meine Behauptung belegen kann. Wir hatten ein Problem mit einer Amtstierärztin in Braunschweig. Dort gastierten wir auf dem Messegelände. Es war alles in allem, trotz des Vorfalls, ein sehr erfolgreiches Gastspiel.

Wie fast immer besuchten uns zu Beginn des Gastspiels die Behörden, also Bauabnahme, Feuerwehr und Veterinäre. Die Amtstierärztin sah sich alles an, machte ihren Eintrag in das Tierbestandsbuch und bestätigte uns darin die ordnungsgemäße Haltung unserer Tiere.

Zur gleichen Zeit gastierte in einem Stadtteil von Braunschweig ein kleiner Circus, der wegen Besuchermangels kaum zum spielen kam. Uns rannten die Leute das Zelt regelrecht ein und der Konkurrent spielte vor 20 bis 30 Leuten. Manche Vorstellungen mussten ganz ausfallen.

Einige Tage nachdem die Veterinärin uns kontrollierte, kam diese Frau zusammen mit dem Direktor des Konkurrenzunternehmens und besuchte eine unserer

Vorstellungen. Ich beobachtete dann, dass der Circusdirektor während der Vorführung heftig mit ihr diskutierte und wild gestikulierte. Mir schwante nichts gutes.

In der Pause ging ich auf meine Gäste zu, begrüßte sie und wollte natürlich wissen, wie ihnen denn unsere Vorstellung gefällt.

»Also hören sie mal zu«, giftete die Beamtin mich an. »So funktioniert das alles nicht hier. Wir sehen uns nächste Woche wieder.«

Sprach es und verschwand.

Ich war ein wenig verstört, weil ich das Verhalten der Dame nicht einordnen konnte. Schließlich hatte sie erst wenige Tage zuvor den Tierbestand kontrolliert und nichts auszusetzen gehabt. Nun führte sie sich derart auf. Das verstehe wer will.

Zuvor hatte ich bereits verwundert registriert, dass die Dame mit dem Circuskollegen perdu war. Sie kannte sogar die Vornamen der Kinder. Und sie wurde von diesen unbescheiden gefragt, ob sie denn im Anschluss an die Vorstellung mit ihrem Porsche mitfahren könnten. »Selbstverständlich, Kinder, kein Problem. Ich bringe euch noch nach Hause«, hatte sie ihnen geantwortet.

Zwei Tage später stand die Amtstierärztin dann vor unserer Türe, zusammen mit einem Beamten der Kriminalpolizei. Später hatte ich herausgefunden, dass ihr männlicher Begleiter ein Angehöriger einer Spezialeinheit für Umweltdelikte war. Der wollte doch tatsächlich mein Tierbestandsbuch einziehen mit der Begründung, dass das nun erst einmal genau kontrolliert werden müsse.

»Sie ziehen hier überhaupt nichts ein«, antwortete ich und verweigerte ihm die Herausgabe. Ich forderte einen entsprechenden Beschluss, den er mir natürlich nicht vorweisen konnte.

Er packte eine Minikamera aus und machte Fotokopien aller Einträge. Nicht nur das. Er fotografierte sogar die leeren Seiten unseres Buches. In der Folge kraxelten die beiden Beamten über Zäune und drangen in Käfige ein.

»Die Pferde haben keine Automatiktränken in den Boxen«, sagte er.

»Richtig«, antwortete ich, »die werden ja auch aus Eimern getränkt.

»Da sind aber keine Eimer drin«, wandte er ein.

»Ja«, antwortete ich, »aber jetzt werden sie ja auch nicht getränkt. Sollen sie in die Eimer reinsteigen und sich verletzen?«

Dann suchte sich die Amtstierärztin ein neues Thema. Sie nörgelte an unseren Freigehegen herum. »Also, mit ihren Freigehege, da will ich ihnen sagen, die sind so nicht zulässig. Die Tiere müssen Schattenspender in Form von Schutzhütten auf dem Freigehege haben.«

Da platzte mir der Kragen. »Also wissen sie was«, fuhr ich die Frau an, »es gibt gewisse Leitlinien, an die wir uns zu halten haben. Die sind vom Gesetzgeber geschaffen worden in Zusammenarbeit mit Fachleuten. Nach denen haben wir uns zu richten. Und sie gefälligst auch!«

Dann brach ich diese eigentümliche Runde einfach ab, verwies darauf, dass ich noch mehr zu tun hätte, und verabschiedete mich.

So schnell hatte sich die Dame jedoch dann doch nicht abwimmeln lassen. Sie bestand noch darauf, einen Blick in einen meiner Tierwagen werfen zu können. In diesem Wagen befanden sich einige weiße

Kaninchen in Käfigen, die wir für eine Zaubernummer benötigten. Eines dieser Kaninchen hatte ein entzündetes Auge, wahrscheinlich hatte es Zugluft bekommen. Erst einen Tag zuvor hatten wir einen Tierarzt kommen lassen, der es behandelte und unseren Verdacht bestätigte. Doch die Amtstierärztin hatte offenbar gefunden, wonach sie bislang umsonst suchte. »Dieses Tier leidet unzumutbare Qualen!«, quäkte sie. »Es hat Myxomathose und muss sofort von seinen Leiden erlöst werden.«

An dem geröteten Auge des Angorakaninchens hatte sich die Beamtin nun festgebissen, das spürte ich. Wir holten dann den Tierarzt, der das Tier am Vortage behandelt hatte. Der fasste sich an die Stirn und schüttelte den Kopf bezüglich der Inkompetenz seiner Kollegin. Aber gegen eine amtliche Anweisung hatte auch er keine Chance. Das arme Kaninchen musste – für nichts und wieder nichts - eingeschläfert werden.

Wir haben dann unser Gastspiel fortgesetzt und bekamen kurz vor dem Abschluss eine ordnungsamtliche Verfügung zugestellt. Da stand dann all dieser Unsinn auch noch schwarz auf weiß nachzulesen. Wir bekamen Auflagen, die jedweder gesetzlichen Grundlage entbehrten.

Ich legte gegen die ordnungsamtliche Verfügung Widerspruch ein und formulierte gegen die Beamtin und den windigen Kriminalen Dienstaufsichtsbeschwerden. Insbesondere die offenkundige Mauschelei zwischen der Veterinärin und dem Circuskollegen hatten mich veranlasst, diesem eigentümlichen Verhältnis auf den Grund zu gehen. Allerdings landete diese Beschwerde, wie ich es vermutete, im Papierkorb des Vorgesetzten. Sie brachte – damals jedenfalls – noch nichts.

Im Spätherbst bekamen wir dann Besuch von der Polizei und diese übergab mir dann einen Blauen Brief mit einem Strafbefehl über 2.000 Mark Geldstrafe wegen Tierquälerei an einem weißen Kaninchen.

Nun ist es aber so, dass man als gewerblicher Tierhalter eine so genannte Erlaubnis nach Paragraf 11 des Tierschutzgesetzes benötigt. Diese Erlaubnis bekommt man u.a. nur, wenn kein Strafverfahren anhängig ist und vor allem keins wegen Verstoßes gegen das Tierschutzgesetz.

Zu dieser Zeit lief aber meine Erlaubnis aus und ich musste die Verlängerung beantragen. Die Behörde teilte mir dann lapidar mit: »Tut uns leid, aber sie bekommen keine neue Erlaubnis. Gegen sie ist ein Strafverfahren anhängig wegen Tierquälerei.«

Stellen sie sich vor: Durch diese konstruierte Geschichte hatte ich plötzlich ein riesiges Problem am Bein. Wenn meine Frau nicht auch über eine gültige Erlaubnis für die gleichen Tiere und Tierarten verfügt hätte, dann hätten wir sogar existenzielle Probleme bekommen. Wir hätten dicht machen können.

Dann suchte ich mir einen Anwalt über den Berufsverband der Tierlehrer, der sich mit solchen Dingen auskannte. Denn ich spürte schon, dass ich das alles nicht mehr auf die leichte Schulter nehmen konnte.

Der Anwalt sah das offenbar ein wenig anders, las sich das Schreiben durch und begann herzlich zu lachen. »Das ist ja ein Witz«, prustete er los und machte sich daran, einen Widerspruch zu formulieren.

Damit war die Sache aber noch längst nicht ausgestanden. Es wurde dann ein Gerichtstermin festgesetzt, der dem Anwalt mitgeteilt wurde. Der Anwalt informierte mich und ich setzte mich dann in Bewegung, um diesen Termin wahrzunehmen. Auf der Fahrt dorthin rief mich der Anwalt an und sagte: »Sie können wieder umdrehen. Das Gericht hat angerufen und den Termin abgesagt.«

Selbstverständlich bin ich umgekehrt und wieder nach Hause gefahren. Ich deutete die Absage als gutes Zeichen. Vielleicht sah der Staatsanwalt die Sinnlosigkeit und machte nun einen Rückzieher. Wäre doch möglich.

Wochen später erhielt ich über unseren Tourneesachbearbeiter die Post zugestellt, unter anderem einen Brief vom Gericht aus Braunschweig. Ich öffnete ihn und mich traf fast der Schlag. In den Händen hielt ich einen Haftbefehl gegen mich, weil ich nicht zu dem Gerichtstermin erschienen war und damit der Verdacht bestehe, dass ich mich der Gerichtsbarkeit zu entziehen gedenke.

Ich telefonierte sofort mit meinem Anwalt und der wiegelte ab: »Sie brauchen überhaupt nichts weiter zu sagen. Ich habe den Brief auch bekommen und gleich Widerspruch dagegen eingelegt. Der Haftbefehl wird natürlich aufgehoben. Aber lassen sie sich mal die nächsten zwei, drei Tage nicht erwischen, bis eben die Daten aus dem Fahndungs-Computer gelöscht sind. Sonst kann es passieren, dass sie mal einen Tag einsitzen.«

Ich fuhr vom Hof und geriet, kaum 200 Meter entfernt, in eine Polizeikontrolle. Glück im Unglück: Alle Autos vor mir wurden kontrolliert, mich haben sie durch gewunken. Können sie sich vorstellen, wie ich da geschwitzt habe?

Dann habe ich mir gedacht: »Jetzt reicht es mir. Jetzt rufe ich den Richter an und frag ihm einfach, was das ganze Theater soll.«

Also ließ ich mich mit dem zuständigen Richter verbinden. »Ach, das ist ja interessant«, wetterte der am anderen Ende, »da muss man erst solche Mittel ergreifen, damit man etwas von ihnen hört.«

»Entschuldigen sie mal«, antwortete ich ihm, »ich habe schließlich einen Anwalt beauftragt. Was soll ich denn noch machen?«

»Das sage ich ihnen gleich«, schimpfte er weiter, »sie kommen nicht ungeschoren davon. Wenn die Amtstierärztin so etwas behauptet, dann wird das schon seine Richtigkeit haben. Und überhaupt, die Circusse, die kennen wir ja schon. Das begeistert uns sowieso nicht und das gehört verboten...«

Na Mahlzeit, dachte ich mir, da bist du an den richtigen Richter gekommen.

Dann rief ich noch den Staatsanwalt an und beschrieb auch ihm den Vorgang noch einmal in allen Einzelheiten. Der schien die Sachlage anders zu beurteilen. »Wenn sie mir das so schildern, Herr Fleischmann, dann wäre ich durchaus bereit, das Verfahren einzustellen.« Mir purzelten zentnerschwere Brocken vom Herzen. Die Rettung naht, dachte ich.

»Allerdings nur gegen eine Auflage«, fügte er hinzu.

»Welche Auflage denn?«, wollte ich wissen.

»Sie zahlen 1.000 Mark an den Deutschen Tierschutzbund«, antwortete er.

»Nein«, sagte ich, »an jede andere Institution, aber nicht an eine Tierschutzvereinigung«.

Damit schien sich die Sache erneut festzufahren. Auch mein Anwalt redete auf mich ein: »Mensch, zahlen sie doch die Auflage. Überlegen sie doch: Sie sind nicht vorbestraft, es kommt nichts in ihr Führungszeugnis und sie erhalten ihre Paragraf-11-Erlaubnis. Was wollen sie denn noch mehr?«

»Nicht an den Deutschen Tierschutzbund«, beharrte ich.

Erneut liefen die Telefone heiß und wir einigten uns. Das Geld kam der Gesellschaft Deutscher Baum zugute. Mit der Variante konnte ich gerade noch leben.

Die bittere Quintessenz der ganzen Angelegenheit hinterlässt jedoch einen langanhaltenden Nachgeschmack: Da wird einer zu 1.000 Mark Strafe verurteilt aufgrund undurchsichtiger Mauscheleien.

Vielleicht zeigen derlei Ungerechtigkeiten einem auf schmerzliche Art auch die Grenzen eines Rechtsstaates auf. Kommst du einmal in die Mangel unserer Bürokratie, denn ergeht es dir schlecht.

Ich bin mir durchaus bewusst darüber, dass meine Geschichte noch eine relativ unbedeutende ist. Andere Menschen könnten da sicher ganz andere Erfahrungen beisteuern.

Eine kleine Genugtuung gab es dann aber für mich doch noch. Die Amtstierärztin hatte offenbar diese »bewährte« Praxis noch einige Male gegenüber anderen größeren Circusunternehmen versucht. Nach dem sich die Dienstaufsichtsbeschwerden häuften, bekam die gute Frau die Aufsicht über die Circusse entzogen. Sie durfte fortan auf einem Schlachthof das Frischfleisch stempeln.

Immer wieder stellen wir fest, wie gern unsere Tiere ihre Arbeit machen. Es gibt einige, die man sogar bremsen muss in ihrem Eifer, weil sie sonst zuviel des Guten machen. Da gibt es Tiere, die im Übereifer ihren Lieblingstrick dann zweimal machen möchten.

Bei unseren Bauernhoftieren gibt es den Moritz, einen Ziegenbock, der ist unglaublich. Ich denke sogar, wenn man den allein in die Manege schicken würde, dann macht der seine Nummer auch ganz allein. Das einzige, was ihn stören würde: dass er auf seine Belohnung verzichten müsste.

Wir hatten mal ein Schwein namens Lulu, dass wurde in einer Art eisernen Kinderlaufställchen vom Stall ins Chapiteau gebracht und wartete dann im Sattelgang auf seinen Auftritt. Dann wurde das Laufställchen geöffnet und Lulu begann mit ihrer Arbeit. Das Schwein war so verrückt und so scharf auf seinen Auftritt, dass zwei, drei Mann das Ställchen des Circusschweinchens zuvor mit aller Kraft festhalten mussten, damit sie es nicht zerlegte, um so schneller in die Manege zu kommen. Es passierte dann tatsächlich einige Male, dass Lulu in der vorherigen Nummer auftauchte. Das war zwar eine Gaudi für die Zuschauer, doch wir freuten uns über Lulus leidenschaftliche Arbeitsfreude nur bedingt, denn sie brachte damit unser gesamtes Programm durcheinander. Nach ihrem Auftritt ging Lulu wieder in ihr Laufställchen zurück, wo eine leckere Überraschung auf sie wartete.

Ein Grund dafür, warum unsere Tiere ihre Arbeit so gern tun und sie diese selbst nicht als Zwang ansehen, könnte sein, dass wir ihnen keine Tricks machen lassen, die das Tier in irgendeiner Weise entwürdigen. Wir orientieren uns bei unserer Arbeit immer an der natürlichen Schönheit und an den unverfälschten Bewegungsabläufen unserer Partner. Elefanten in Baströckchen, die zudem noch eine Stange im Rüssel balancieren, werden unsere Besucher ebenso wenig zu sehen bekommen wie vermenschlichte Affen.

Abgesehen von den ästhetischen Gesichtspunkten kann es rein logisch nicht richtig sein, dass beispielsweise ein Elefant auf einem Bein steht oder ein Kopfstand macht. Der Elefant ist nicht dafür geschaffen, dass sein gesamtes Gewicht von nur einem Bein abgefangen werden soll. Sie sind so konstruiert, dass sich ihre vier Tonnen Gewicht auf möglichst alle vier Beine verteilen.

Früher hat man sich darüber nicht so viele Gedanken gemacht. Da wurden die Tiere verkleidet, also vermenschlicht, oder ein Pferd auf ein Schleuderbrett gestellt. Man wunderte sich dann, warum sich das Pferd die Beine brach. Man setzte Raubtiere an einen Tisch und hat sie aus Tellern essen lassen. Solche Sachen, das glauben wir genau zu wissen, will das Publikum heute nicht mehr sehen.

Wir verstehen unsere Tiere als Partner. Dazu gehört auch, dass sich der Tierlehrer nicht in den Vordergrund spielt, sondern sich mit den Tieren ergänzt, damit das Gesamtbild am Ende harmonisch und abgerundet wirken kann. Die Schönheit der Tiere gehört in den Vordergrund. Alle Hilfen und alle Kommandos sollten so reduziert werden, dass der Besucher den Eindruck gewinnt, dass das Tier relativ selbstständig arbeitet.

Ich denke, dass eine solche Herangehensweise auch die Haltung von Tieren in menschlicher Obhut rechtfertigt. Von Gefangenschaft rede ich nicht, weil das Tier selbst dies nicht so sehen wird.

Noch etwas: Ein Tier, das der Mensch nicht kennt, von dem er nicht weiß wie es sich anfühlt, wie es aussieht, wie es sich bewegt, das wird ihm fremd bleiben. Er wird keine Veranlassung sehen, sich für das Schicksal dieses Lebewesens zu interessieren. Wenn in den 20-Uhr-Nachrichten dann die Rede davon ist, dass wieder eine Tierart vom Aussterben bedroht ist, nimmt er dies zwar zur Kenntnis, mehr aber nicht. Hat er aber eine Beziehung zur natürlichen Schönheit dieses Tieres entwickelt, etwa weil er 14 Tage zuvor einen Zoo oder einen Circus besuchte, dann wird auch sein Interesse geweckt werden. Es ist ganz einfach: Was ich nicht kenne, das geht mich nichts an – und das interessiert mich auch nicht. So ist der Mensch gestrickt.

Wer einmal lügt, dem glaubt man nicht

Natürlich muss man schlechte Tierhaltung bekämpfen. Aber die Tierschützer müssen sich darüber im klaren sein: wenn sie sich vor einem Circus mit guter Tierhaltung hinstellen und gegen Missstände protestieren, die es dort überhaupt nicht gibt, machen sie sich dadurch nicht glaubwürdiger. Der Besucher geht nämlich rein und sieht das Gegenteil. Ihre Waffen stumpfen also ab, weil man sich ihrer pauschal bedient und sie nach Bedarf zückt. Wenn der Protest wirklich angebracht ist, dann drehen sich die Leute einfach um

und sagen: Lasst uns in Ruhe, wir glauben euch kein
Wort. Ihr habt uns einmal belogen.

IV.

Von behördlichen Beamtenseelen

Behördenmenschen und Bürokraten haben mit einem Betrieb wie einem Circus so ihre Probleme. Ein Circus, der jeden Tag irgendwo anders ist, dessen Büro durch die Gegend fährt und der heute da ist und morgen dort, der wird natürlich immer misstrauisch beäugt. Das ist diesen Leuten suspekt. Ich kann das durchaus verstehen.

Es prallen zwei Welten aufeinander, die gegensätzlicher überhaupt nicht sein könnten. Auf der einen Seite die Leute hinter den Schreibtischen, auf der anderen die Praktiker, die Improvisateure hoch drei. Der Mann hinter dem Schreibtisch hat mit Improvisation nichts am Hut, der sagt: »Das sind die Gesetze und Verordnungen, das ist die Linie und so wird es gemacht.« Daran hält er sich. Oder auch nicht. Die Circusleute schlängeln sich dagegen gerne zwischendurch. Die sagen sich: »Was, das geht nicht? Das muss gehen. Wenn's nicht so geht, dann geht es eben so.«

Die alten Marktmeister gibt es nun – leider Gottes – nicht mehr, die dazu da waren, mit den Marktkaufleuten, Schaustellern und Circusleuten zu verhandeln und sich ihrer anzunehmen. Da ging es kernig zu, zugege-

114

ben, aber jeder wusste vom anderen und jeder achtete sein Gegenüber.

Der Marktmeister ist abgelöst worden von einer Dame, die dem Ordnungsamt oder dem Liegenschaftsamt zugeteilt ist, und die sich neben der Gummibaumpflege eben noch um die Vermietung der städtischen Liegenschaften zu kümmern hat. Sie hat natürlich mit der Welt der Marktkaufleute, der Schausteller und der Circusse herzlich wenig zu tun.

Nichtsdestotrotz müssen wir mit denen klarkommen. Ich gebe zu, dass dies nicht immer so einfach ist. Natürlich ist es so, dass der Circus Gesetze und Auflagen zu erfüllen hat und sich an Regeln der Gesellschaft zu halten hat. Das hat so zu sein und das muss so sein, wenngleich es nicht immer so einfach ist, diese Normen zu erfüllen.

Wenn man sich beispielsweise überlegt, was für ein bürokratischer Aufwand notwendig ist, bevor der Circus in einer Stadt seine erste Vorstellung geben kann. Da ist es so, dass zwei Jahre vor dem Gastspiel mit einer Stadt Kontakt aufgenommen werden muss. Es wird über den Termin, über den Platz und über Gebühren verhandelt. Man muss Rücksicht nehmen auf andere Veranstaltungen, die zur gleichen Zeit in diesem Ort stattfinden, wie städtische Veranstaltungen, Feste, Messen, Kongresse und Kirmesfeierlichkeiten.

Der Termin muss auch für den Circus passend sein und sich in die Tourneeroute einfügen lassen. Es ist kaufmännisch unklug, wenn ich von Hamburg nach München fahre, und dann wieder von München nach Flensburg. Sondern man versucht die Reiseentfernungen so klein wie möglich zu halten. Allein mit dieser schwierigen Koordination ist ein Mitarbeiter beschäftigt. Er achtet darauf, dass die Plätze den Anforderungen des Unternehmens entsprechen. Der Platz sollte aber nicht nur eine bestimmte Größe besitzen, er sollte zudem fest und befahrbar sein, was vor allem im Frühjahr und in den Herbstmonaten von besonderer Bedeutung werden könnte. Es sollte Flächen aufweisen, wo man die Stallungen gut aufbauen kann. Es ist nicht so gut, wenn die Stallungen und die Freigehege der Tiere auf Beton oder Asphalt stehen. Ideal für die Tiere sind Rasenflächen oder Naturboden. Es müssen Strom- und Wasseranschlüsse vorhanden sein. Zum Platz sollten öffentliche Verkehrsmittel führen, damit die Leute auch ohne Auto dorthin kommen können. Dieser Platz sollte zentral erreichbar sein, damit sich unsere Besucher nicht erst z.B. durch einen dunklen Park bewegen müssen.

Allein in diesen Punkten mit den Behörden auf einen Nenner zu kommen, ist schon eine sehr schwierige Prozedur, zumal es in Deutschland noch rund 400 andere Circusunternehmen gibt, welche um diese vorhandenen Plätze konkurrieren.

Wenn die Gespräche erfolgreich waren und die Verträge unter Dach und Fach sind, dann fordert die jeweilige Stadt meistens die Zahlung einer Kaution. Diese Gewährleistung dient dazu, dass man einen Platz, den man in einem sauberen und ordentlichen Zustand vorgefunden hat, auch wieder sauber verlässt. Der Mist der Tiere muss entsorgt, das Sägemehl verschwinden und die Fahrspuren beseitigt werden. Sollte der Platz nach Ansicht der Behörden nicht ordentlich verlassen worden sein, dann bekommt der Circus auch seine Kaution nicht wieder zurück. Sie wird kurzerhand zur Beseitigung der Schäden verrechnet.

Nun ist es leider oftmals so, dass man auf einen Platz kommt und einem dort fast der Schlag trifft. Es ist alles dreckig und tiefe Fahrspuren haben sich in den Boden gegraben. Dann kann es vorkommen, dass man bei der Stadt anklopft und nachfragt, für was man hier eigentlich eine Kaution bezahlt hat. In diesen Fällen bleibt uns nichts anderes übrig, als den Platz selbst zu reinigen, bevor wir da aufbauen können. Wir wollen unserem Publikum einen sauberen, gepflegten Circus präsentieren. Sollen wir dann im Gegenzug unseren Dreck dort liegen lassen?

Meist stößt man da auf Unverständnis auf Seiten der Stadt. Hinzu kommt noch, dass man außer dieser Kaution noch eine mehr oder minder hohe Miet- oder Nutzungsgebühr bezahlt.

Damit ist es aber mit den Gebühren noch nicht getan. Man muss in der Stadt Werbung betreiben. Eine gute Circuswerbung ist sehr vielschichtig. Fester Bestandteil dieser Werbung ist die Plakatierung in den Städten. Diese ist teuer und wird einem immer schwerer gemacht. Es werden immer weniger Plakate zugelassen, weil die Stadtväter der Meinung sind, dass die Schilder das Stadtbild zerstören. Oder weil bereits sehr viele andere Institutionen plakatieren und man argumentiert, dass nun nur noch eine begrenzte Anzahl freier Plätze vorhanden ist. Natürlich ist für jedes aufgehängte Plakat dann, wie sie sich denken können, noch eine Gebühr fällig. In manchen Städten zahlen wir bereits bis zu 2 Euro pro Tag und Plakat.

Wie überall gibt es auch diesbezüglich genaue Vorschriften, über deren Einhaltung der eifrige Bürokrat zu wachen hat. Wir müssen genau angeben, wie groß die Plakate sind und wie sie aussehen. Dann wird ei-

nem genau vorgeschrieben, wo wie viele Plakate aufgehangen werden dürfen. Verstößt man gegen diese
Auflagen der Städte, kann es wiederum teuer werden.

Oftmals haben die Stadtväter die Hoheit über die
Plakatierung auch an Firmen abgegeben. Dann wird es
ganz schlimm. Diese Firmen leben von dieser Vermie-
tungstätigkeit und langen ganz ungeniert zu. Während
man mit der Stadt noch verhandeln konnte, hat man
diese Möglichkeit mit den Firmen in aller Regel nicht.
Das wird meistens richtig teuer.

Dann klären wir im Vorfeld eines jeden Gastspiels,
wer den Strom liefert. Der Anschluss muss in aller
Regel beantragt werden. Die Stadtwerke wollen wissen,
wie der voraussichtliche Stromverbrauch – in
Abhängigkeit der Jahreszeit – sein wird. Auch hier
werden Gebühren und Kautionen fällig.

Wir müssen im Vorfeld errechnen, ob eine Beliefe-
rung mit Strom durch die Stadtwerke ökonomisch
sinnvoll ist. Dann und wann ist es sinnvoller, mit dem
Einsatz des eigenen Dieselaggregats zu planen.

Zudem muss ein Wasseranschluss her und wir verhandeln mit den Stadtwerken über das Abwasser.
Denn das wird zu einem großen Teil überhaupt nicht
in die öffentliche Kanalisation eingeleitet. Entweder
wird es in Tanks der Wagen gesammelt und dann auf
der Kläranlage entsorgt, oder es ist Wasser, das zum
waschen oder zum tränken der Tiere verwendet wird.
Das landet auch nicht in der Kanalisation. In diesen
Fällen muss man dem Verhandlungspartner klar machen, dass das Wasser, welches man entnommen hat,
überhaupt nicht als Abwasser in die städtische Kanalisation geht. Das sind häufig sehr schwierige Verhand-
lungen und eine Einigung ist nur sehr selten möglich.

Wir müssen im Vorfeld des Gastspiels dafür sorgen, dass im Falle eines Asphalt- oder Betonplatzes Sand und Lehm für die Manege angefahren werden kann. Denn dort kann man nicht einfach Sägemehl auffahren, sonst würden sich die Tiere den Hals brechen. Wir sorgen für einen weichen und federnden Untergrund. Mit dem Bestellen ist es natürlich nicht getan. Das Material muss nach dem Gastspiel wieder entfernt werden.

Wenn der Circus auf den neuen Platz ankommt, dann müssen alle diese Vorbereitungen abgeschlossen und ausreichend Futter für die Tiere organisiert worden sein, also Obst, Gemüse, Heu und Stroh. Die Genehmigungen für den Betrieb der Restauration müssen vorliegen, denn wir verkaufen Popcorn, Getränke, Zuckerwatte. Der Antrag zur Gestattung kostet – wem wundert's – erneut Geld. Manche Städte verbinden mit der Genehmigung entsprechende Auflagen. In dem einen Ort sind Blechbüchsen untersagt, im nächsten dürfen keine Pappmaterialien verwendet werden. In jeder Stadt gibt es andere Auflagen.

Die Behördengänge sind damit allerdings noch nicht abgeschlossen, denn auch eine Bauabnahme muss überall beantragt werden. Dann steht plötzlich ein mehr oder weniger fachkundiger Beamter vom Bauordnungsamt vor dem Bürowagen, der dir dann erklärt, was an deiner Zeltanlage nicht vorschriftsmäßig ist, obwohl du es in der Regel sehr viel besser weißt. Nach erfolgter Bauabnahme erfolgt dann nicht nur der obligatorische Eintrag ins Baubuch, sondern der fleißige Beamte verlangt auch noch seine Gebühr. Denn seine sachkundige Beratung kostet, sie ahnen es, einige saftige Euro.

Der Amtstierarzt

Dann kommt in jeder Stadt der Amtstierarzt. Auch bei dem müssen wir uns im Vorfeld anmelden. Der kommt dann und hat viel Ahnung von Wellensittichen, Hunden und Katzen. Aber von Kamelen kaum. Spätestens bei den Elefanten ist er mit seinem Latein am Ende.

Grotesk, trotzdem beurteilt dann dieser Fachmann dich und deine Tiere und legt fest, was gut und was nicht gut ist, obwohl er das eigentlich überhaupt nicht weiß. Aber auch diese Gebühren, die für seinen Einsatz fällig werden, dürfen schließlich am Ende nicht für umsonst gewesen sein.

Eine gewaltige Prozedur

Es gibt eine Stadt in Ostdeutschland, die über einen wunderschönen, großen Platz verfügt. Die lassen nur zwei Circusse im Jahr zu, was durchaus auch im Interesse der Unternehmen liegt, die sich ja einen gewissen geschäftlichen Erfolg versprechen.

Nur die Abwicklung des Gastspiels ist dort schon eine gewaltige Prozedur. Sie machen also mit der Stadt einen Vertrag über diesen Parkplatz, dürfen aber nicht glauben, dass sie - mit diesem Stück Papier in der Tasche – dort nun spielen dürfen. Danach gehen sie nämlich noch zum zuständigen Straßenbauamt und beantragen die Sperrung des Parkplatzes. Dann müssen sie eine Firma mit der Beschilderung und mit der Einzäunung beauftragen. Schließlich steht in ihrem

Vertrag noch ein Passus, der ihnen verbietet die Anker einzuschlagen, die aber unerlässlich sind, denn sie möchten ein Zelt aufbauen, das eine Verankerung erfordert. In ihren Papieren steht glücklicherweise der Hinweis, dass Ausnahmegenehmigungen erteilt werden können. Diese Ausnahmegenehmigung wird aber nur erteilt, wenn sie eine Schachtgenehmigung beantragen. Diese Schachtgenehmigung setzt allerdings einen Bauantrag voraus...

Neben den allerorts üblichen Genehmigungsverfahren und dem damit verbundenen Papierkrieg haben sie dort aber noch eine weitere Hürde zu überspringen. Sie werden nämlich in dem Vertrag auch gleich verpflichtet, die Löcher, die sie für ihre Anker benötigten und die sie per Ausnahmepapier genehmigt bekamen, im Anschluss an das Gastspiel durch eine spezielle Firma wieder verschließen zu lassen. Ein Loch, welches wir durch diese Firma schließen lassen würden, kostet uns 14 Euro. Wir haben aber rund 200 Löcher, die geschlossen werden müssen.

Wir sind zur Selbsthilfe übergegangen. Am Abbauabend wurden die Löcher durch unsere Mitarbeiter verdichtet, anschließend verfüllt. Danach asphaltierten wir sie dann selbst zu.

Am Morgen kommt dann in der Regel ein Kollege von der Bauabnahme auf den Platz und zeigt sich erbost über die Tatsache, dass diese fachgerechte Verfüllung ohne Inanspruchnahme jener Firma erfolgte. »Das dürfen sie nicht«, schimpft der dann und ich zeige mich immer einsichtig und begründete mein Fehlverhalten damit, den Abschnitt im Vertrag anscheinend überlesen zu haben. (Bei der großen Anzahl von Verträgen, die wir jährlich abschließen, kann das durchaus schon mal passieren, oder etwa nicht?) Ich verspreche dann, dass ich das nächste Mal sicher daran denke und gelobe Besserung.

Auf diesem Platz sind alle paar Meter Schächte, in die das Regenwasser abfließen kann. Diese Wasserschächte müssen zum Ende des Gastspiels gereinigt und leergepumpt werden. Auf diese Weise saniert die Stadt übrigens ihre Schächte auf Kosten der beiden Circusse, die dort jährlich gastieren dürfen. Das sind sehr aufwendige Arbeiten und wir putzen und schrubben dann meistens bis spät in die Nacht, um den Stadtvätern nur keinen Anlass zu geben, die hohe Kaution, immerhin 5.000 Euro, einbehalten zu können.

Bevor das Wasser fließen kann

Ähnlich geht es noch in einer anderen ostdeutschen Stadt zu, wo wir einen Wasseranschluss beantragten. Dort tauchte plötzlich eine Hygienebeauftragte auf und verbot uns, aus diesem Anschluss Wasser zu entnehmen.

Ich machte sie darauf aufmerksam, dass es sich doch um einen kommunalen Anschluss handelt, den wir zu nutzen beabsichtigen.

»Wissen sie denn, ob das Wasser überhaupt den Anforderungen entspricht?«, fragte sie mich.

»Ich darf doch davon ausgehen, dass, wenn wir bei den städtischen Wasserwerken einen Trinkwasseranschluss beantragen, dieser auch den Vorschriften entspricht und das Wasser genießbar ist«, argumentierte ich tapfer.

»Nein«, antwortete sie, »das können sie nicht! Sie müssen erst eine Wasserprobe ziehen und diese dann analysieren lassen. Wenn dann alles stimmt, dann können sie das Wasser verwenden.«

»Na gut«, gab ich mich geschlagen, »dann machen sie das doch jetzt. Kontrollieren und analysieren sie. Bitte!«

»Nein, nein«, wendete sie ein, »so geht das jetzt auch nicht mehr. Dieser Vorgang muss vier Wochen zuvor beantragt werden.«

Die Frau war hartnäckig, das spürte ich. Selbst mein Einwand, dass sie nun, nachdem wir bereits drei Tage die Stadt bespielten, erst gekommen sei, erweichte ihr behördliches Herz nicht.

Zwar konnten wir keinen gemeinsamen Nenner finden, doch das Wasser der Stadtwerke haben wir dennoch genutzt. Wir hatten blindes Vertrauen zu den Wasserwerkern. Das fehlte der Hygiene-Mitarbeiterin offensichtlich.

Vermeidbare Unwägbarkeiten

Leider herrscht teilweise große Unehrlichkeit bei einigen Behörden, wenn es um die Vergabe der Plätze geht.

In einer westdeutschen Stadt im Raum Stuttgart hatten wir die Verträge unter Dach und Fach und wollten vereinbarungsgemäß unser Gastspiel im Herbst antreten. 14 Tage vor dem Termin rief mich ein Kollege an, ein Circusdirektor und bot mir ein Zelt zum Kauf an. Wenn wir denn Interesse an diesem Zelt haben, dann könnten wir es besichtigen. Als er den

Ort nannte, schwante mir nichts gutes, denn es war offenbar die Stadt, in welcher wir in knapp zwei Wochen gastieren sollten.

Da setzte ich mich auch gleich mit dem Sachbearbeiter in Verbindung, der für die Verträge mit den Circusunternehmen verantwortlich war und bat um Aufklärung.

»Nein«, antwortete der Mann, »wie kommen sie denn darauf? Hier steht kein Circus, der letzte war im Mai bei uns.«

Dazu muss man wissen, dass das Bürogebäude des Mannes genau gegenüber vom Circusplatz lag. Wenn er also aus dem Fenster schaute, was durchaus im Büroleben passieren konnte, dann sah er direkt auf diesen Platz. Dann hätte er erkennen müssen, dass da unten tatsächlich ein – noch nicht mal allzu kleiner – Circus aufgebaut worden war.

Wir sind dann, wie vereinbart, angereist und fanden den Platz in einem katastrophalen Zustand vor. Hinter der Anlage lief ein kleiner, aber ziemlich reißender Fluss. An der Stelle, wo das Gewässer von einer Brücke überbaut worden war, sicherte ein Gitter den Flusslauf vor Unrat und herunterfallenden Ästen. Entlang dieses Gewässers hatte der vorherige Circus offenbar seine Stallanlagen aufgebaut und die tierischen Rückstände samt Mist in den Fluss gekippt. Das Gitter war völlig dicht und der Fluss trat über das Ufer und hatte den Platz überschwemmt. Nun war das kein Circusplatz mehr, sondern übel stinkender Morast.

Doch das Schlimmste war eben, dass uns der städtische Kollege nicht die Wahrheit gesagt hatte. Der andere Circus war kurz davor in dieser Stadt und hatte die potenziellen Kunden bereits abgegrast. Wir bekamen kräftig eine hinter die Ohren.

In der Folge wollten die Stadtväter noch Kaution und Platzmiete eintreiben. Da war der Siedepunkt für mich erreicht. Ich machte sie darauf aufmerksam, dass wir gerade ihren Dreckplatz auf eigene Kosten gereinigt hätten und uns Unkosten entstanden seien. Wenn es keine vernünftige Einigung gibt, so kündigte ich außerdem an, würde ich mir rechtliche Schritte vorbehalten.

Die Stadtväter haben die Sache im Sande verlaufen lassen. Sie richteten keine Forderung an uns, allerdings ist mir schon klar, dass wir dort auch nicht mehr anklopfen brauchen, um uns für ein Gastspiel zu bewerben. Allerdings kann ich es mir als Unternehmer auch nicht leisten, ein solches geschäftliches Risiko einzugehen.

Manne Krug gegen Charivari

Einen ähnlichen Vorgang hatten wir in einer ostdeutschen Stadt, wo wir frisches Sägemehl auf dem Platz vorfanden. Ein Indiz dafür, dass auch hier kurz zuvor ein Circusunternehmen gastiert hatte. Hier klärte sich die Angelegenheit auf andere Weise auf, nämlich durch einen Zufall. Ein Mann, der zum Ablesen des Strom- und Wasserzählers kam, schlug sein Büchlein auf. Dort war unzweifelhaft der Name des Circusunternehmens zu lesen, der wenige Wochen davor seine Zelte auf dem Platz aufgeschlagen hatte.

Andersherum passierte es uns, dass wir einige Wochen vor einem geplanten Gastspiel einen Telefonanruf von einer Stadtverwaltung erhielten, die uns mitteilte, dass wir nicht kommen könnten, weil 14 Tage nach uns ein Circus zu gastieren gedenke, der den Schauspieler Manfred Krug mit einer Lesung im Programm habe. Selbstverständlich pochte ich auf die Einhaltung des Vertrages. Was für einen Grund sollte ich haben, einfach von diesem Kontrakt zurückzutreten?

Die Sturköpfe waren wirklich drauf und dran, unser Gastspiel zu boykottieren. Durch eine einstweilige Verfügung boxte ich aber dann doch durch, dass wir unser Gastspiel durchführen konnten. Das gipfelte dann in einer dicken Headline in einer großen Boulevard-Zeitung, welche die Bilder von Krug und Fleischmann gegenüber stellten und titelten: »Manne Krug gegen Circus Charivari.«

Manfred Krug zeigte sich verzweifelt über den Artikel in der Zeitung, weil er von dem Drumherum selbst nichts gewusst hatte. Der war zwar unschuldig, musste aber mit seinem Namen herhalten. Er ließ dann über sein Management mitteilen, dass es ihm fern läge, dem Circus Charivari schaden zu wollen.

Aber im Endeffekt ist das eine Zusammenarbeit, wie ich sie mir mit einer Stadtverwaltung nicht wünsche. Das verursacht nur Ärger und kostet Nerven.

Im Westen kamen wir in eine Stadt, dort fingerte ich nach unserer Ankunft einen Zettel, der mitten auf dem Circusplatz lag. Es war eine Eintrittskarte für einen Circus, der gleichfalls wenige Tage vorher hier gestanden hatte. Als ich den städtischen Mitarbeiter fragte, was dies zu bedeuten habe, schien ihm die Sache ziemlich peinlich zu sein. Das Unternehmen hatte sich quasi einen Vertrag erschlichen und sich als Hochseiltruppe vorgestellt. Dann war das Unternehmen mit Sack und Pack angereist und aus der Hochseiltruppe wurde ein lupenreiner Circus.

Sicher belegt dieses Beispiel, dass es auch für die Stadtväter nicht immer ganz einfach ist, den schwarzen Schafen auf die Spur zu kommen, die es zweifellos gibt. Doch spätestens zu dem Zeitpunkt, als die ersten Plakate in der Stadt aufgehangen wurden, hätten die Alarmglocken läuten müssen, denn da hatte sich nicht die Hochseiltruppe angekündigt, sondern ein Circus.

»Aber die sind angerollt und haben die ganze Straße versperrt«, wehrte sich der Bearbeiter. »Und sie drohten damit, dass sie das Sozialamt aufsuchen werden, wenn sie hier nicht spielen können.«

Ich zeigte durchaus Verständnis für die verzwickte Lage, in der sich die Stadt plötzlich befand. Doch ein Anruf hätte erfolgen müssen, der Hinweis darauf, dass sich hier ein anderer Circus breit macht. Dann hätten wir entscheiden können, ob wir unsere Werbung vielleicht früher starten. Wir hätten uns an die Presse wenden können. Oder entschieden, dass wir diese Stadt nun doch lieber nicht bespielen, weil das geschäftliche Risiko einfach zu groß ist.

Kein Geld und kein Quartier

Es ist sehr problematisch, in den Herbstmonaten noch Städte vertraglich binden zu können. In unseren Anfangsjahren hatten wir damit zu kämpfen, denn man kannte uns noch nicht und wusste nicht, ob wir ein seriöses Unternehmen sind.

Denn vor einer Sache ängstigen sich die Städte verständlicherweise: Da reist ein Circus an, macht sein Gastspiel, aber verschwindet dann nicht wieder. Begründung: Wir haben kein Geld und kein Winterquartier. Dann bleiben die Kollegen für drei, vier Monate dort stehen und liegen der Stadt auf der Tasche.

So eine Aktion kann mitunter sehr teuer werden. Die gehen auf das Sozialamt, bekommen schließlich kostenfrei Wasser und Strom und erhalten Futter für ihre Tiere. Dann fällt ihnen ein, dass sie überhaupt nicht weiter fahren können, weil ihre Zugmaschinen nicht in Ordnung sind und sie dann noch durch den TÜV gebracht werden müssten. Dann werden die Maschinen noch auf städtische Kosten repariert.

Dann geht die Reise – vielleicht – weiter. Unter Umständen hat die Stadt dann alles in allem mal 100.000 Mark hingeblättert, nur dass sie den Circus wieder losbekommt. Als Dankeschön erhalten die Stadtväter noch einen verdreckten Platz hinterlassen und dürfen sich um die Entsorgung der ausrangierten Fahrzeuge kümmern.

Es gibt inzwischen schon einige Großstädte, die haben für derlei Überraschungen vorgesorgt. Sie haben für Schausteller und Circusunternehmen ein eigenes Areal geschaffen, auf welches sie zur Winterpause fahren können. Allerdings müssen sie dann ein Schriftstück unterschreiben, in dem sie sich verpflichten, keine städtische Sozialhilfe in Anspruch zu nehmen.

Die schwarzen Schafe unserer Branche machen es natürlich den zahlreichen seriösen Unternehmen sehr schwer, sich um Unterstellmöglichkeiten für ihre Winterpause bemühen. Für viele ist die rechtzeitige Suche nach einem Quartier fürs Überwintern ohnehin sehr schwierig. Die meisten Unternehmen haben nicht, wie wir, eine langfristige Tourneeplanung. Das heißt, der Circus kennt zu Beginn seiner Tournee nicht die weitere Route und weiß also auch nicht, wo er zum Ende der Saison ankommen wird.

Wir sind heute in der glücklichen Lage, ein wunderschönes Winterquartier mit Wohnhaus, Stallungen, Werkstätten, Probiermanege und Unterkünften für die Mitarbeiter unser eigen nennen zu können.

Natürlich gibt es auch sehr viele andere Beispiele, nämlich die der Städte, die nicht nur über wunderschöne Plätze verfügen, sondern mit deren Verwaltungen man auch sehr gut zusammenarbeiten kann. Die Plätze bieten dir alles, was du benötigst. Sie sind eingezäunt, befestigt und sie verfügen über eine Kanalisation. Die Stadtverwaltungen betreiben eine vernünftige Preispolitik und lassen das Plakatieren zu. Und sie halten sich an Absprachen.

Das ist ein vernünftiger Umgang, der beiden Seiten zugute kommt. Die Circusse sind ja im Normalfall nicht etwa Bittsteller, sondern Geschäftspartner. Sie bringen Geld in den Stadtsäckel. Das setzt aber voraus, dass der Circus in dieser Stadt auch Geld verdient.

Aber leider nehmen die Probleme zu. Wir beobachten, dass sehr viele Städte ihre Plätze in die Peripherie verlagern, irgendwo ins Niemandsland, wo sie keinen mehr interessieren. Der Gegensatz: Kein Mensch käme auf die Idee, sein Theater dorthin zu bauen oder sein Kino.

Selbstverständlich müssen wir, die Circusunternehmen, bei uns selbst beginnen, mögliche Ursachen, die zu einem gestörten Verhältnis führen, finden und abstellen. Viele Probleme sind hausgemacht. Ich muss mich natürlich, wenn ich mitten in der Stadt stehe, auch dementsprechend benehmen und ein sauberes, ordentliches Aussehen haben. Dann kann ich eben nicht die Reste aus dem Toilettenwagen quer über die Straße laufen lassen. Wenn ich auf dem Kölner Neumarkt stehe, dann kann ich nicht die Wäsche quer über die Straße hängen oder die dampfenden Misthaufen ablagern. Ich muss mir darüber im klaren sein, dass ich an der feinsten Einkaufsstraße von Köln stehe und habe mein Niveau der Umgebung anzupassen.

V.

Der Circus und die Presse

Ein alteingesessener Circus-Pressesprecher hatte mir vor Jahren einmal gesagt: »Wenn du erreichst, dass du aus der Stadt wegfährst, und bist mit den Journalisten per du, dann hast du deine Arbeit richtig gemacht.«

Die Aussage des Kollegen würde ich heute so nicht mehr unterschreiben, aber einiges stimmt daran schon. Es geht darum, die Presseleute zu gewinnen, sie in den Zauber Circus mit einzubeziehen. Schaffst du das, dann hast du schon fast gewonnen.

Wir haben die Erfahrung gemacht, dass die besten Journalisten jene waren, die trotz eifrigen Gähnens unsererseits nachts halb zwölf immer noch da waren, sich in der Restauration aufhielten, Informationen sammelten und sich einfach nicht losreißen konnten. In diesen Fällen ist natürlich zu erwarten, dass die Artikel dann auch besonders groß und intensiv ausfallen.

Schwierig wird die Zusammenarbeit dann, wenn ein anderes Circusunternehmen vorher in der Stadt gastierte, das die Presseleute nach Strich und Faden angelogen hatte. Als der Circus dann in der Stadt eintraf, waren da weder Raubtiere, Elefanten noch irgendwelche anderen Darbietungen, die zuvor im Pressematerial angekündigt worden waren.

Dann kommt noch die Leserschaft und beschwert sich: »Was habt ihr denn da geschrieben. Wir waren dort aufgrund eures Berichtes, haben Eintritt bezahlt und uns das angeschaut. Wir sind maßlos enttäuscht.«

Solche Erlebnisse prägen die Leute der schreibenden Zunft. Sie werden vorsichtiger, skeptischer und leider auch distanzierter.

Dann gibt es noch die Sorte Journalisten, die von vornherein sagen, dass Circus für sie kein berichtenswertes Thema ist. Es gibt ganze Verlagsgruppen, die den Circus zu einem Randthema abstempeln. Die machen allenfalls eine kleine Meldung, dass der Circus da war, und das war's. Ohne Vorankündigung, ohne Wertung, ohne alles.

Wenn einem dieses Desinteresse in einer großen Stadt entgegenschlägt, dann hat man ein Problem. Da muss man sich etwas einfallen lassen. Eine Nacht der Prominenten beispielsweise. Unsere Hoffnung, die sich damit verbindet: Vielleicht kommen wir dann doch noch in den Schlagzeilen?!

Picknick der Dickhäuter

Unser Elefantenfrühstück, das wir auf Marktplätzen der größeren Städte abhalten, wird sehr gerne von der Presse angenommen. Dann dürfen die beiden Dickhäuter beispielsweise ganz legal einen Obst- und Gemüsestand plündern oder werden durch die Besucher mit Brot und anderen tierischen Leckereien gefüttert. Oder wir gehen zum Bad in die Ostsee, was wir eigentlich immer machen, wenn wir dort sind, weil es ein Heidenspaß ist für Mensch und Tier.

Der Bürgermeister im Raubtierkäfig

Besonders spektakulär war auch die Übergabe von Freikarten an einen Bürgermeister, die wir in einem Raubtierkäfig inszenierten. Natürlich waren die Tiger nebst Dompteur anwesend. Der Bürgermeister bekam dort ein Köfferchen mit den Freikarten überreicht, die er an soziale und karitative Einrichtung weitergab. In einem Falle war der Tiger etwas unruhig und der Bürgermeister wurde es ebenfalls. Er fragte zur Sicherheit, wie er sich denn verhalten soll, falls der Tiger ihn anspringt. Unser damaliger Dompteur Dieter Dittmann, der für seinen trockenen Humor bekannt war, antwortete: »Dann halten sie einfach den Freikartenkoffer dazwischen.«

Löwe im Auto – eine Fahrt mit Folgen

Übrigens bin ich immer heilfroh, wenn diese außerplanmäßigen, aber doch so wichtigen Öffentlichkeitstermine ohne Probleme über die Bühne gegangen sind. Denn ganz ohne Risiko sind derlei Inszenierungen natürlich nicht.

So blieb dann ein besonderer Einsatz auch nicht ohne Folgen, der uns in der thüringischen Landeshauptstadt ins Regierungspräsidium führte. Wir wollten dem Landesvater unsere Aufwartung machen. Damit die Sache auch richtig in Szene kam, postierten wir in unserem Kombi einen Löwen. Der saß, als sei es die normalste Sache auf der Welt, auf dem Rücksitz, gleich neben seinem Herrchen, und schaute durch das halb geöffnete Fenster nach draußen. Die Bilanz unserer ungewöhnlichen Aktion waren fünf, sechs Auffahrunfälle. Die Leute trauten ihren Augen nicht. Ein richtiger Löwe in der Erfurter Innenstadt und dann noch auf dem Rücksitz. Dabei vergaßen einige offensichtlich ihren Vordermann.

Was sich heute, aus einiger Entfernung, so lustig anhört, war damals mit viel Ärger verbunden. Die Polizei hatte uns damals richtig Dampf gemacht.

Milzbrandalarm: Post vom Circus

Es gab die Zeit der schrecklichen Attentate in Amerika und die Zeit danach, wo diese Milzbrandbriefe verschickt worden sind. Nun ist es so, dass wir immer massenweise Werbebriefe verschicken, und die dazu gehörigen Adressen filtern wir aus einem Computerprogramm. Die Datei muss wohl nicht mehr ganz so taufrisch gewesen sein, jedenfalls versandten wir auch einen dieser Briefe an die Adresse einer Dame, die seit Jahren verstorben war. Ihr Sohn hatte den Briefkasten entleert – und kombinierte messerscharf: Ein Brief an meine Mutter, meine Mutter schon seit fünf Jahren tot, - das kann nur ein Brief von Bin Laden sein!

Er verständigte die Polizei davon, dass er einen Milzbrandbrief in seinem Briefkasten gefunden habe, diese ließ das ganze Haus räumen, sperrte alles großräumig ab und entfernte die ominöse Post durch Spezialkräfte. Die Nachricht, die der junge Mann aus dem Sicherheitslabor bekam, war ernüchternd: Keine Post von Bin Laden. Nur ein einfacher Werbebrief vom Circus Charivari.

Auch hier war uns damals nicht zum lachen zumute:
Die Polizei wollte uns die Aktion in Rechnung stellen.

VI.

Der Circus und seine Freunde

Es gibt in Deutschland den Verein der Circusfreunde, deren Mitglieder es sich zur Aufgabe gemacht haben, z.B. so viele Circusprogramme zu schauen wie möglich, oder sie bauen als Modell Circusse nach, erstellen Fotoserien von Circusunternehmen und anderes.

In der Regel sind die Leute sehr nett, zeigen sich interessiert und unterstützen den Circus auch, wo es geht. Durchaus kann eine solche Unterstützung sehr wichtig sein, wenn man zum Beispiel in eine fremde Stadt kommt, wo man die Gepflogenheiten nicht kennt oder die Ansprechpartner. Sie sind hilfsbereit und verteilen Freikarten oder kleben Plakate. Da haben sich im Verlaufe der Jahre richtige Freundschaften entwickelt, die wir auch pflegen.

Die andere Sorte

Es gibt allerdings auch sogenannte Circusfreunde, die man lieber von hinten sieht. Es gibt diejenigen, die unverschämt werden können und die sich so bewegen, als gehöre ihnen das Unternehmen. Die stellen dann noch Ansprüche.

In einer ostdeutschen Stadt gibt es einen dieser Vertreter, von dem ich nun berichten möchte. Der Mann ist berühmtberüchtigt und leitet in eben jener Stadt eine Abspaltung dieser Gesellschaft, einer eigenständigen Interessengemeinschaft. Lassen sie sich warnen: Der Mann hat psychopatische Züge!

Die Stadtverwaltung hatte seinerzeit den großen Fehler gemacht, diesen Circusfreund aufgrund seiner Kenntnisse in die Planung einzubinden. Er beriet die Stadtväter, wenn es um die Auswahl der Unternehmen ging, mit denen man Gastspielverträge auszuhandeln gedachte.

Die Mentalität dieses Menschen führte dann dazu, dass er selbstherrlich darüber entschied, wer ihm genehm war. Diese durften selbstverständlich auch ihre Zelte aufbauen und auf dem städtischen Platz spielen. Die Stadtverwaltung hatte die Kontrolle über die ganze Angelegenheit verloren und der eigenwillige Circusfreund nutzte die ihm indirekt übertragenen Machtbefugnisse weidlich aus.

Nun kannten wir den Mann schon sehr genau und hatten diese Hürde auf unsere Weise umgangen. Wir brachten den Vertrag mit der Stadt ohne sein Wissen zustande. Er ging natürlich davon aus, dass die Sachlage anders war, er also noch darüber zu befinden hätte, ob wir denn spielen dürften oder nicht.

Er legte uns seinen Forderungskatalog vor: Zunächst wünschte er mit dem Wagen abgeholt zu werden, um den Circus besichtigen und beurteilen zu können. Dann wollte er allen Mitarbeitern Verhaltensmaßregeln auf den Weg geben, damit die auch wissen, wie sie sich in seiner Stadt zu verhalten haben. Außerdem sollten wir ihm eine Übernachtung besorgen und ihn am nächsten Morgen wieder zurückchauffieren.

Aus einer sicheren Stellung der Offensive fragte ich ihn am Telefon, ob er denn einen Gefiederten im Kopf habe. »Da spielt sich überhaupt nichts ab«, bekräftigte ich. »Wenn sie kommen wollen, dann setzen sie sich in den Zug und kaufen sich an der Kasse eine Eintrittskarte. Dann mieten sie sich auf eigene Kosten in einem Hotel ein und fahren mit dem Zug wieder zurück.«

Das hätte ich nicht tun sollen, denn der machte das auch prompt. Er bewegte sich hier im Circus wie der neue Eigentümer und unterwies die Mitarbeiter, was sie denn wie zu machen hätten. Sie müssen wissen, dass der Mann diese Anweisungen noch im tiefsten sächsisch heruntersang. Die Stimmlage entsprach der des ehemaligen DDR- Staatsratsvorsitzenden Honecker.

Am nächsten Morgen kamen die Mitarbeiter pünktlich neun Uhr wie gewohnt zum Appell, bei dem die täglichen Arbeiten eingeteilt werden. Ich erschien etwas später, weil ich noch ein Telefonat entgegengenommen hatte. Als ich im Zelt ankam, um mit dem Appell zu beginnen, traf mich fast der Schlag. Unser Circusfreund stand dort und belehrte tatsächlich alle Mitarbeiter darüber, wie sie sich in seiner Stadt zu benehmen hätten.

Dann belehrte er mich darüber, dass es so üblich sei, dass er in seiner Stadt die Pressearbeit mache. »Das kommt überhaupt nicht in Frage«, antwortete ich ihm. »Wir haben eine Pressesprecherin. Die bezahlen wir für ihre Arbeit.«

Ich hatte unserer Pressesprecherin ein tolles Abendessen versprochen, wenn sie es schafft, dass kein Foto des Circusfreundes während unseres Gastspiels in der Zeitung erscheint. Zu dem Abendessen kam es nicht. Von den acht Presseberichten erschienen vier mit seinem Bild.

Spät abends traktierte er uns mit Telefonanrufen, erinnerte uns daran, dass wir die Stromkabel, die Sägenspäne und die Wasserschläuche nicht vergessen sollten.

Das Schlimmste allerdings war, dass der Circusverein irgendein Jubiläum zu feiern beabsichtigte. Er schrieb uns im Vorfeld einen Brief, in welchem er uns mitteilte, dass er die Jubelfeier in unserem Circuszelt zu begehen wünschte. Später konkretisierte er den Termin. Die Feier sollte an einem Samstagnachmittag stattfinden. Deshalb, eröffnete er uns, müsste die geplante Vorstellung ausfallen.

Ich antwortete ihm, dass wir seinem Wunsch gern nachkommen würden, allerdings müsste ich ihm die entgangenen Einnahmen in Rechnung stellen. Ich fragte ihn noch, ob er denn bar bezahlen wolle oder ob ich ihm die Bankverbindung mitteilen sollte. Ja, antwortete er, das könnte er nun nicht, das sei zuviel Geld. Ich machte ihm den Vorschlag, dass er doch unseren Kaffeewagen nutzen könnte.

Es stellte sich dann heraus, dass die Variante Kaffeewagen völlig ausreichend war. Zu seiner offiziellen Feier waren gerade mal ein paar Gäste gekommen, offenbar der harte Kern des Vereins. Das Zelt, so stellte sich heraus, wäre doch etwas zu überdimensioniert gewesen. Unser Geschäft bestand dann darin, dass er bei uns einige kleinere Naschereien in Auftrag gegeben hatte. Die Getränke brachte er selbst mit. Nach einiger Zeit sprang er von seinem Sitz und krähte: »So, meine Damen und Herren, die Veranstaltung ist nun beendet.« Dann packte er die angebrochenen Flaschen Sekt zusammen und ließ uns und seine Gäste dort einfach sitzen.

Außerhalb seiner offiziellen Feier hatte es sich der Circusfreund nicht nehmen lassen, zu den Vorstellungen die Besucher mit einer Ansprache zu belästigen. Unter anderem drohte er, dass jeder Circusdirektor, der in seiner Stadt gastiert, auch in seinem Verein Mitglied werden müsste. Der Beitrag in Höhe von 50 Mark wäre zum großen Finale dann in bar fällig.

»Ich will aber nicht«, meinte ich trotzig zu meinen Kollegen.

Unsere Pressesprecherin redete auf mich ein. »Um Gotteswillen«, sagte sie, »werden sie doch Mitglied. Dann haben wir unsere Ruhe und der Circusfreund ist glücklich.«

»Ich will aber nicht«, wiederholte ich.

»Geht es ihnen um die lumpigen 50 Mark?«, fragte mich die Mitarbeiterin. »Die können sie von mir haben.«

»Darum geht es mir nicht«, wehrte ich ab. »Aber ich habe keinen Bock, verstehen sie. Wenn ich muss, dann will ich nicht.«

Ich hatte dann die zündende Idee.

Wir legten einen 50-Mark-Schein auf unseren Fotokopierer und vergrößerten ihn. Dann klebten wir das Machwerk auf Karton. Den habe ich unserem verehrten Circusfreund in der Manege als meinen Mitgliedsbeitrag mit den herzlichen Worten übergeben: »Der ist zwar nicht echt, aber dafür größer.«

Ich bin dann nicht aufgenommen worden, kam aber recht schnell über diese Enttäuschung hinweg.

Verfolgung - bis aufs Klo

Dann gibt es die Sorte der Circusfreunde, die verfolgen dich bis aufs Klo. Und es gibt welche, die wissen alles besser. Da fragst du dich dann, warum die nicht selbst einen Circus betreiben.

Ich habe einmal höchst belustigt eine Diskussion im Internet verfolgt zwischen Circusfreunden, wo sich einer darüber erregt hatte, dass ich seine Ratschläge während des Gastspiels in seiner Stadt nicht befolgte. Ich wäre undankbar und er sehr enttäuscht.

Eine Circusfreundin, eine ältere Dame, beehrt uns im Jahr über mehrere Wochen hinweg. Sie reist uns quasi nach. Deren Hobby ist das Füttern der Tiere. Nun wäre es kein Problem, wenn sie sich mit einer Mistgabel bewaffnen würde, um den Tierpflegern zu helfen. Mitnichten. Sie bevorzugt die Abgabe von Schokolade, die sie Tafelweise in die Ställe bringt, zudem noch Kekse, Popcorn und Eiswaffeln. Kurzum: sie übertreibt das in einem Maße, dass bereits die Gesundheit der Tiere gefährdet ist. Die lässt sich sogar nachts in das Stallzelt einschließen, oder knüpft das Zelt eigens wieder auf, um die Tiere noch einmal zu besuchen und mit ihnen Zwiesprache zu halten.

Auf der anderen Seite ist das wirklich eine liebenswerte, ältere Dame. Da habe ich Probleme deutlich zu werden und ihr zu sagen: hören sie auf, sonst fliegen sie hier raus.

Nichtsdestotrotz: ansonsten kommen wir mit den Circusfreunden im allgemeinen sehr gut zurecht. Es ist ein recht nettes und interessiertes Völkchen, das immer sehr dankbar ist, wenn es einen ordentlichen Circus zu sehen bekommt.

Die Circuszeitung

Die Circusfreunde betreiben ein eigenes Blatt, die »Circus Zeitung«. Diese Zeitung wird international gelesen und hat sich in den vergangenen Jahren richtig gemausert. Manchmal stehen vielleicht auch Sachen drin, die da nichts zu suchen hätten. Oder es erscheint ein Bericht über einen kleinen Circus, der recht zweifelhaft ist. Der Circusfreund ist dort vielleicht ordentlich bemuttert worden und fühlte sich dann gegenüber dem Unternehmen in der Pflicht. Das bringt dann schon die Relationen etwas durcheinander. Der Circus, der in der Branche vielleicht einen eher zweifelhaften Ruf genießt, nimmt sich diesen Bericht dann und geht zur nächsten Stadtverwaltung. Vielleicht steht er dann – wegen der guten Presse – irgendwann in Frankfurt am Main auf dem Festplatz am Ratsweg?

Aber das sind Dinge, die zwar nicht schön sind, die aber auch nicht zu ändern sein werden. Die Circuszeitung sieht sich selbst nicht als Fachblatt, sondern als Organ der Circusfreunde.

VII.

Ich hatte heute einen Traum

Die Stadtverwaltungen stellen uns nur noch zentral gelegene, befestigte und erschlossene Plätze zu fairen Platzmieten zur Verfügung.

Es war genügend Platz für meine zwei- und vierbeinigen Mitarbeiter da.

Plakatreklame war wieder im vernünftigen Maße möglich.

Das Verhältnis zu den Behörden war von gegenseitigen Respekt geprägt.

Das Publikum strömte – wie früher – in den Circus, weil das Vertrauen in die Programmqualität wieder hergestellt war.

Die täglichen Geldsorgen gibt es nicht mehr.

Tierschützer hatten endlich gelernt zu unterscheiden und diffamierten nicht mehr wahllos jedes Unternehmen.

Das Finanzamt hatte ein Einsehen und Circus wurde in Deutschland endlich wieder zum Kulturgut erhoben.

Ich hatte gelernt, mein überschäumendes Temperament zu zügeln.

Circusfreunde waren wieder Freunde und ich konnte mit meiner geliebten Frau bei bester Gesundheit,

glücklich und zufrieden meinen Traum bis an unser
beider Lebensende weiterleben: Den Traum vom Circus Charivari.

- E N D E -